Yuusei & Kaoru
「好きなんて言えない!」

日比野との初めてのキスは、最初は軽く互いの唇を啄み、次はどちらからともなく唇を開き、舌を絡め合う激しいものへと変わる。キスだけで達してしまいそうだった。（本文P.106より）

Chara

好きなんて言えない！

いおかいつき

キャラ文庫

この作品はフィクションです。
実在の人物・団体・事件などにはいっさい関係ありません。

目次

口絵・本文イラスト／有馬かつみ

好きなんて言えない！

「よろしくお願いします」

そう頭を下げられた瞬間から、目が離せなくなっていた。何もかもが理想的だったのだ。

自己紹介されたときの爽《さわ》やかな笑顔に惹《ひ》きつけられた。物腰は柔らかいのに決して卑屈にならず、押しが強いわけではないのに心地よいバリトンは防ぎようもなく耳に飛び込んでくる。

だが、蓮沼雄生《はすぬまゆうせい》はそんな気持ちを決して顔には出さなかった。

「ああ、よろしく頼むよ」

自分の立場をよくわきまえた雄生の顔には、余裕のある大人の笑みが浮かんでいる。

雄生は三十二歳にして、大手菓子メーカー『サンセイ』の営業部販売促進課主任だ。課長になるのは時間の問題だと言われ、課内での発言力も大きい。今もこの部屋には十人弱の人間がいるが、皆、雄生の次の言葉を待っている。

それはわかるのだが、雄生はあまりにも不躾《ぶしつけ》な日比野薫《ひびのかおる》の視線に戸惑っていた。最高の笑顔で自己紹介した後、日比野はじっと雄生を見つめているのだ。

何かおかしな態度を見せただろうか。雄生はほんの五分前の出会いから記憶を辿《たど》るが、思い当たることがなかった。

「何か私の顔についてるかな?」

ついに我慢できず、雄生は日比野に問いかけた。

「あ、すみません」

日比野は慌てたように頭を下げた。

「こんな大きな会社でプロジェクトの責任者って聞くと、もっと年配の方を想像してたものですから」

意外そうに言いながらも、視線はまだ雄生の顔に注がれている。

「かっこよくて驚きました?」

得意げに言ったのは雄生の部下である松岡朋美《まつおかともみ》だ。

「ホントに」

同調する日比野に気をよくしたのか、松岡はさらに言葉を続けた。

「蓮沼さんは社内で結婚したい男ナンバーワンなんですよ」

「松岡くん」

雄生は苦笑して、松岡を遮った。そう言われているのは知っていても、社外の人間にまで吹聴することではない。

若手の中で出世頭だからというだけでなく、雄生の外見もまた女子社員の注目を集めるに充分だった。百八十センチの長身に、時間があればジムに通っているおかげで引き締まった体には無駄な肉は一切ない。濃い眉が男らしさを引き立て、くどくはない程度に濃い顔立ちは、少し日本人離れしている。女性から好意を寄せられることも少なくなかったし、同性からは羨望《せんぼう》の眼差しで見られることも多々あった。

だがいくら羨《うらや》ましがられても、雄生は自分の顔をそれほど好ましいと思ったことはなかった。むしろ、目の前にいる、この日比野薫のような容姿になりたかった。

お互いに立って挨拶《あいさつ》を交わしていて目線が同じということは、日比野も百八十センチ前後はある。何かスポーツでもしているのか、肩幅はしっかりしていて、体つきは男らしい。だが、その顔は雄生とは対照的に爽やかだった。全体的に薄味というのだろうか。一重の目はきりりとしているのにきつさは感じさせず、通った鼻筋にシャープな顎《あご》のラインがすっきりとした顔立ちにしたてている。

「でも、意外って言うなら日比野さんもですよね。失礼ですけど、男性だとは思いませんでした」

「よく言われます」

松岡の言葉に、日比野は気を悪くしたふうでもなく笑顔で肯定した。

そう思われるのは、薫という名前だけのせいではなく、彼の職業にも原因があった。

日比野はキャラクターデザイナーで、雄生が知っている彼の作品は、かなりユニークでかわいらしいデザインだった。実際、雄生も日比野の顔を見るまで、女性だと思いこんでいたのだ。

「だから、こういう名刺にしてみたんですけど」

日比野の言葉に、雄生はもらったばかりの名刺に視線を向ける。日比野薫という名前の隣に、何故《なぜ》か動物のサイがいた。

日比野は他の社員たちにも名刺を配っている。

「かわいい」

最初に受け取った松岡が声を上げた。サイのデザインのことだろう。はっきりサイだとわかるのに、どこかコミカルだ。

「やっぱりかわいいになっちゃいますか」

日比野が苦笑する。

「せめて名刺で男らしさを出そうかと、サイにしてみたんですけど、虎とかのほうがよかったかなあ」

後悔したように呟《つぶや》く日比野に笑いが広がる。おかげで初対面だというのに、一気にうち解けた雰囲気になった。馴《な》れ合いでは困るが、何でも話せる空気は必要だ。

「君のデザインの話になったところで、本題に入ろうか」

雄生は全員を促した。この場には雄生の部下たち五人と、日比野、それに日比野の働く『ヒガキデザイン事務所』の所長、檜垣《ひがき》がいる。合計八人が囲める会議テーブルに移動した。

「今回のプロジェクトの趣旨については、既に説明してあるとおりだが、今日から『ヒガキ』さんに入ってもらい、進めていきたいと思う」

雄生はよく通る声で説明をしていく。

『サンセイ』ではこの秋に、新しいチョコレート菓子を発売する予定だった。商品は去年から開発していて、まだ残暑の残る時期でもつい手を伸ばしてしまうような、チョコレートを使っても甘すぎない菓子に仕上がった。名前も商品がイメージしやすいように、『ふわふわコーン』と命名した。

その販売促進プロジェクトがこの四月から本格的に始まり、チーフに選ばれた雄生は、まず宣伝に使用するためのイメージキャラクター作りから始めることにした。それがなければパッケージデザインもできないからだ。

市場にはスナック菓子など山のようにあり、新商品も日々、発売されている。味に自信があっても、注目されなければ売り場を確保できない。そのために人目を惹きつける、キャラクターを作ろうということになったのだ。キャンペーンとしてオリジナルグッズも作る予定にしている。

その何より大事なデザインを誰に頼むか。雄生が目を付けたのは、この日比野だった。雄生がチラリと視線を向けると、

「あの、試しにいくつかデザインしてきたので、見てもらってもかまいませんか?」

日比野は声をかけるタイミングを見計らっていたらしく、雄生をまっすぐに見て、切り出してきた。

「もうか?」

雄生は驚きを隠せなかった。デザインの依頼をしたのは一週間前で、今日が初めての打ち合わせだ。一応の詳細は伝えていたものの、ここまで用意してくるとは思わなかった。納期もまだ先なのだ。

「どの路線で行くのか、ベースを決められないかと思いまして」

「それじゃ、せっかくだし、見せてもらおうか」

せっかくの申し出を断る理由はない。雄生が許可を出すと、日比野は早速テーブルに何枚ものキャラクター画を並べていく。

「すごい」

「こんなに?」

部下たちが口々に感嘆の声を上げる。

「日比野にとっては、初の大仕事なので、気合いの入り方が違うんです」

日比野に代わり、所長の檜垣が答えた。図星らしく日比野は照れたように笑うだけで否定しない。

『ヒガキ』は小さなデザイン事務所で、とても『サンセイ』と直接に取引をする規模ではない。『ヒガキ』に依頼しようと言い出した雄生でも、ほんの数週間前には、名前すら知らなかった。

そもそものきっかけは、松岡が所持していた携帯電話のストラップだった。ちょうど今回の企画が持ち上がったばかりのときで、松岡のデスクに置いていた携帯電話に目が留まったのだ。

アライグマが女性の好みそうな丸い形にデザインされ、ただかわいさを強調しただけでない、目を惹くインパクトがあった。至急、松岡にそれをデザインしたのが誰なのか調べさせた結果、元々が小さなカフェがオープン記念に限定で作っただけのもので、日比野の名前はすぐにわかった。

『ヒガキ』の事務所はHPをインターネット上にアップしており、所属デザイナーの作品が写真で展示されている。日比野の作品を全《すべ》て見た上で、雄生は日比野に任せて大丈夫だと確信した。小さな事務所の名もないデザイナーの起用はかなりの大胆な決断だったが、他とは違う斬新さを求めていた。

雄生は並べられたデザイン画に目を通す。

女子社員たちはどれがかわいいだとかユニークだとか、口々に感想を述べている。対して、男性社員たちは感想は述べずに見つめているだけだ。こういうキャラクターものになると、男と女とでは食いつきが違ってくる。

今回の商品はターゲットを二十代、三十代のサラリーマン、OLに絞っていた。最近は男性でも会社で菓子を摘むことが増えている。そこを狙《ねら》ったのだ。だから、仕事中に食べやすい大きさにし、なおかつ手が汚れないように配慮した。完成した商品には自信を持っている。後は男女問わず、注目してもらうだけだ。そのためこのプロジェクトチームのメンバーも男女三人ずつにした。

「どうですか?」

日比野が雄生に問いかけてくる。リーダーなのだから、真っ先に意見を求められて当然なのだが、あまりにもまっすぐに見つめられて、雄生は言葉に詰まった。笑顔も爽やかで好みだったが、真剣な顔もまた格好いい。思わず見とれてしまう。

「もちろん、これで決まりっていうんじゃなくて、あくまで参考までに……」

答えのないことに日比野が少し不安そうな顔を見せる。見とれていたことを悟られないよう、雄生は慌てて表情を取り繕った。

「みんなはどう思う?」

雄生はメンバーの意見を聞くことで、個人の意見を避けた。雄生にはキャラクターものをかわいいと思う感性がなかった。確かに日比野がデザインしたストラップは目を惹いたが、かわいいと思ったわけではない。けれど正直にそう言えないのは、日比野にセンスのない奴だと思われたくなかったからだ。

「私はこれが好きです」

最初に答えたのは、メンバーの女子社員の中では一番年長の水野樹里《みずのじゅり》だ。それでもまだ二十七歳。今回のプロジェクトは若い層に訴えるために、全体的に若手で揃《そろ》えていた。

「私はこっちかなぁ」

水野より四つ年下、最年少の今里香里奈《いまざとかりな》が控えめに意見を口にする。これに二十五歳の松岡が同調した。

「どちらも動物だな」

雄生は二つのデザイン案を見ながら呟く。親しみはあるのだが、目新しさがない。どの路線で行くべきか。女性の意見は大事にしたいのだが、かわいいだけでは物足りない。男が手を出すかどうか。

その男性の意見を求めようと、雄生は男の部下たちに視線を巡らした。

「俺が持つんだったら、こういうののほうがいいですね」

視線に気づいた宮脇《みやわき》が答える。指さしたのは、擬人化した自動車だった。確かにこれなら、雄生が持てるかどうかはともかくとして、男性が身につけていてもさほど違和感はないだろう。

「水野さんたちが言ってるのは、男からすれば、かわいすぎないですか？」

「そうかも」

宮脇に同意を求められた水野も、自分が指さしたデザインを見直し納得する。どんなグッズになるにせよ、男が持つ場合を想像したようだ。

「でも、これだとちょっと堅いかなぁ」

水野の言葉に他の女子社員たちが頷《うなず》く。

「かわいらしさの中にもコミカルさが出ていれば、男でも手が出しやすい。かつ、柔らかい雰囲気を持たせる」

部下たちの意見を聞きつつ、雄生は独り言のように呟き、頭を働かせる。そして、閃《ひらめ》いた。

「本当に柔らかくするというのはどうだろう？」

「ありだと思います」

雄生の提案に、チーム最年長の近藤《こんどう》がすぐに応じた。それでも雄生よりは歳下の三十歳だが、自分がまとめ役にならなければという意思が垣間見《かいまみ》えるのはたのもしい。

「コストの問題はあるにしても、柔らかいものって癒し効果もありますからね」

他のメンバーもそれはありだと賛同する。

「それじゃ、日比野くん、この路線で……」

雄生は今の意見をまとめ、日比野に再提案しようとした。

まただ。いつからだったのか、日比野がじっと自分を見つめている。何もおかしな態度などしていなかったはずだ。雄生は内心の動揺を押し隠し、少しだけ苦笑を交えて、日比野に尋ねた。

「俺の顔に何かついてるかな?」

「あ、いえ。決断が早いなって。見せてすぐに返事がもらえるとは思ってなかったものですから」

日比野の声には羨望の響きが感じられ、雄生は表情には出さないものの、褒められたことに嬉《うれ》しくなる。

「まだ決定じゃないんだ。この段階から迷っていては先に進むのが遅くなる」

だが、返事にはそんな気配は一切感じさせなかった。

雄生は仕事に関しては決断が早い。迷っている時間があれば、その間に他のことができるし、決断できるだけの経験を積み、充分な知識もあると自負していた。若くして決定権のあるポジションを任されているのも、過去の実績があるからだ。

「わかりました。時間をもらった分だけ、完成度の高いものを提出できるよう頑張ります」

日比野は意気込みの中にも笑顔を交えた。どんな表情をしても爽やかさが滲《にじ》み出ている。油断すればまた見とれてしまいそうで、雄生はここは会社だと自分に言い聞かせた。

それから少しの打ち合わせを続け、初日の会議は無事に終わった。日比野たちが何度も頭を下げて部屋を出て行った後は、すっかり日比野のことで話題が持ちきりになる。

「すっごく若くないですか？　びっくりしちゃった」

勢い込んで真っ先に口を開いたのは、松岡だ。自分とさほど歳《とし》の変わらないように見える日比野が、デザイナーとして活躍していることに興奮している。

「それにかっこいいし？」

宮脇が冷やかすように言った。

「そんなこと言ってないですよぉ」

照れた顔をするのが、宮脇の指摘を認めている証拠だ。

「やっぱり男は顔なんですかね？」

「蓮沼さんに聞いても駄目じゃない」

同意を求める宮脇に雄生が答えるより前に、水野が割って入ってくる。

「蓮沼さんがモテない男の気持ちなんてわかるわけないじゃない」

同期の気安さで水野が宮脇を茶化す。これには雄生も苦笑するしかない。モテると言われても、それは女性からでしかない。どれだけ女性に好意を寄せられようが、雄生には意味がなかった。

女性を性的対象として捉《とら》えることができず、好意以上の愛情も抱けない。雄生はゲイだった。自分がゲイだと気づいたのは遅かった。大学生のときだ。それまでは女性と付き合うのが当たり前だと、深く考えもせず、好意を愛情だと思いこんで付き合っていた。だが、どうしても性的な関係に進めない自分を、どこかでおかしいとも思っていた。そんなとき、ゲイだとカミングアウトしている同級生と知り合い、彼のおかげで自分の性癖に気づけた。

もっとも今となっては、気づかないほうがよかったような気もしている。雄生はその彼ほど強くない。会社での自分の立場を考えると、人には絶対に知られたくなかった。そう思うと臆《おく》病《びょう》になり、なかなか恋人が見つけられない。最後に恋人がいたのは、今からもう三年も前で、それ以来、ずっと寂しい生活を送っていた。

そんな雄生には、日比野が眩《まぶ》しかった。何もかもが理想的で、手に入らないとわかっていても憧《あこが》れるのだけはとめられない。

雄生の手の中には、日比野の名刺がある。何気なく裏返してみて、そこに手書きの文字を見つけた。十一桁《けた》の数字の横には携帯と書かれていて、もし何かあればいつでも電話してほしいという、この仕事にかける日比野の意気込みが伝わってくる。

実際に話をしたのは一時間程度だが、それでも充分に外見だけでなく内面も魅力的な男だと感じた。もっとも雄生がどう思おうが、その先の進展があるわけでもない。好きになった相手もゲイだったなどという幸運は滅多にないのだ。

日比野と何か発展する可能性はゼロでも、目の保養はできる。それに電話をかけることはなくても、直筆の文字があるこの名刺は特別だ。雄生は名刺入れではなく、常に持ち歩く財布の中に、それをしまった。


顔合わせの日から三日が過ぎた。納期はまだ先だから、日比野からの連絡はない。その間に、仕事を早く片づけられた今日になって、雄生は会社を出た後、自宅には戻らずに寄り道をすることにした。

池袋《いけぶくろ》まで足を伸ばし、八階建てのバラエティショップへと入っていく。フロアによっては雄生のようなスーツ姿のサラリーマンもいるのだが、用があるのはそこではない。キャラクターものが並んでいるフロアだ。女子高生や若いＯＬたちの姿が目立ち、雄生がそこに足を踏み入れるのはなかなか勇気が必要だった。

三十代男性の姿が珍しいからか、女性客がチラチラと雄生の様子を窺《うかが》っているのがわかる。だから、雄生はこれは仕事なのだとアピールするために、鞄《かばん》から手帳を出し、メモを取る構えをして見せた。

リサーチはこれが初めてではない。今回のプロジェクトが持ち上がったときにも、既に何度か足を運んでいる。そのときは漠然と最近の流行《はや》りを調べただけだったが、今はもう少し具体的な分析を自分なりにしておきたかった。

時間にして十五分程度だろうか、そろそろ次の店に移ろうかとしていたときだった。

「蓮沼さん?」

思いがけず呼びかけられた声には聞き覚えがある。だが、そんな偶然があるのかと信じられない思いで振り返ると、驚いた顔の日比野が立っていた。今日は事務所に籠《こ》もりきりだったのか、初対面のときのようなスーツではなく、ジーンズにTシャツとラフな姿だった。

「リサーチですか?」

日比野の視線は雄生の手帳に注がれる。

「ああ、万全を期すために、自分の目で確かめておこうと思ってね」

「すごいな。蓮沼さんって」

日比野は心底感心したように呟く。

「チーフなのに、蓮沼さんが一番働いてるんじゃないですか？　他社で仕事したときは、チーフは命令だけで現場の仕事はしてませんでしたよ」

「その会社によるだろう。俺の場合は性格かな。貧乏性で、じっとしていられない」

苦笑いで答えた雄生に、日比野がおかしそうに笑う。

「蓮沼さんに似合わないですよ。貧乏性って言葉が」

仕事の場以外で話すのはこれが初めてだが、人なつっこい性格なのか、物怖じしないのか、取引先の責任者である雄生に対して、日比野は気さくに話しかけてくる。

「この後は会社に戻られるんですか？」

日比野が何か思いついたように尋ねてきた。

「いや、仕事帰りに立ち寄っただけで、もう帰るだけだが？」

「だったら、一緒に食事に行きませんか？」

思いがけない誘いに、雄生は驚きのあまり、すぐには答えられなかった。そんな雄生の戸惑いには気づかないのか、

「これから何か食べに行こうと思ってたんですけど、一人じゃ味気なくて」

日比野は話を続ける。この態度だけ見ていれば、まるでこれまでにも何度か食事に行ったこ

とのある関係のようだ。

「君は仕事中じゃないのか?」

嬉しいくせに、雄生は素っ気ない答え方しかできなかった。もしかしたら、日比野が取引先である蓮沼に取り入ろうとしているのではと、チラリと頭の片隅をそんな考えがよぎったのだ。それくらい、日比野の誘いは唐突だった。

「俺も仕事帰りで、蓮沼さんと同じ、リサーチに立ち寄っただけです」

そう言って日比野は、肩にかけていた大きな布バッグから、ノートを取りだして見せた。中まで見ていたわけではないが、使い込まれたものだった。

「君たちもそういうリサーチをするんだな」

「それもありますけど、ここには俺がデザインした商品が置いてあるんですよ。売れ行きが気になって……」

日比野は照れくさそうに答えた。

「へえ、どれかな」

雄生は店内を見回し、単純な好奇心から尋ねた。携帯ストラップ以外の日比野の作品は、事務所のサイトで見ただけだから、実物を見てみたいと思ったのだ。

「こっちです」

日比野は早速とばかりに、その場所へと雄生を案内する。雄生が社交辞令で言ったかもしれない可能性など、全く考えていなさそうだ。

日比野が足を止めたのは、レジ前にある文具のコーナーだった。

「これがそうなんです」

その中から日比野はボールペンを一つ取り上げ、雄生に差し出す。手にする前に雄生は口元を緩めていた。

ユニークな生き物のキャラクターがペンの頭にぶらさがっている。架空の動物なのか、雄生の知識では思い当たるものがなかった。

雄生はペンを握ったまま、棚に目をやった。そこにはペン以外にも同じキャラクターがデザインされた手帳やペンケースなども並べられている。これだけ目立つ場所にコーナーがあるくらいだから、それなりに売れているのだろう。

やはりただかわいいだけでは駄目だ。雄生は改めてそう思った。

「蓮沼さん」

うっかり夢中になっていて、日比野がその場を離れていたのに気づかなかった。声がしたのは背後からで、しかも呼びかけられたのは一度ではなかったのか、軽く肩まで叩《たた》かれた。

「そろそろ、食事に行きませんか？」

さっきの誘いに行くとは答えなかったのに、日比野の中では雄生が了解したことになっているらしい。

だが、さっきとは雄生の気持ちが違っている。日比野の誘いを訝《いぶか》しく思う以上に、もう少し仕事の話をしたいと思った。日比野と話すことで、何か販促に関する新しいアイデアが生まれるのではと考えたのだ。

「それじゃ、一緒させてもらおう」

雄生が答えると、日比野は裏のなさそうな笑みを浮かべる。下心などないように見えるが、それほど人を見る目に自信はなく、まだ確信は持てなかった。

「俺の知ってる店でいいですか？」

「そうしてもらえると助かるな。この辺りには全く馴染《なじ》みがないんだ」

池袋は若者向きの街だというイメージがあって、あまり足を運んだことがない。雄生は正直にそれを伝えた。

「俺も最近は仕事でしか来ないんですけど」

歩き出した日比野に釣られて、雄生もその場を離れた。

店を出ると外はすっかり夜の景色になっていた。四月も終わり頃になると夜でも肌寒さがなくなり、心地よい夜風が当たる。

「ちょっと裏通りに入って大丈夫ですか？」

「ああ、人が減るならむしろありがたい」

雄生の答えに日比野が笑う。

「人混みは苦手ですか？」

「丸《まる》の内《うち》あたりなら平気だ」

「なるほど」

日比野はすぐに納得してくれた。人混みなら通勤ラッシュで慣れているが、客層が違う。今、周りにいるのはスーツ姿のサラリーマンではなく、今時のファッションに身を包んだ十代から二十代の若者ばかりだ。それが雄生を落ち着かなくさせていた。

「スーツじゃなければ違和感ないと思いますけど」

「そんなことはないだろう」

雄生は即座に否定した。ほんの三年前までは確かに自分も二十代だったのだが、実年齢以上に見られることが多く、若い格好は無理な若作りに見られると避けていた。

「そうですか？　だって、俺とそんなに変わらないですよね？」

「それは言いすぎだよ」

意外そうに言われて雄生は苦笑する。どう見ても二十代半ばの日比野と三十過ぎの自分とでは差があるのは明らかだ。

「俺、若く見られるんですけど、二十七です。蓮沼さんは三十二歳ですよね？」

「そうだが、歳の話なんかしたかな？」

「すみません。宮脇さんから聞き出しちゃいました」

悪戯《いたずら》が見つかった子供のような顔で、日比野は肩を竦《すく》める。そうするとますます年齢以上に若く感じられた。

「すごく若そうに見えるけど、本当はどうなんだろうって気になって……」

そう言えば、初対面のときも日比野はそんなようなことを言っていた。プロジェクトの責任者という先入観がよほど大きかったようだ。

雄生は顔が緩みそうになるのを必死で堪《こら》えた。どんな形であれ、日比野に興味を持たれたことが嬉しかった。

日比野の態度には媚《こ》びた様子はなく、ごく自然な話しぶりで、雄生に気詰まりを感じさせることもない。おそらくそういう性格なのだろう。誰にでも気構えることなく自然体で接することができる。友人も多そうだし、女性も放ってはおかないはずだ。

そんな日比野と並んで歩けるだけで幸せだった。その上、相手が自分に興味を持った素振りで話題が尽きないよう話しかけてくれるのだから、舞い上がってしまうのは当然だ。だが、幸せな時間はそう長くは続かなかった。

「あ、ここです」

日比野が一軒の店の前で足を止めた。古い店構えだが、食欲を刺激するいい匂いが店内から漂ってくる。

「俺が学生のときから、ある店なんです」

ドアを開けた日比野に導かれ、二人は店内へと入っていく。定食屋といった雰囲気で、男の一人客の姿が目立った。カウンターに小鉢《こばち》が並んでいて、自分で取るスタイルのようだ。

「こういう店じゃないほうがよかったですか？」

日比野が今更、少し心配したように尋ねてくる。

「いや、むしろありがたい」

雄生は正直に答えた。一人暮らし故《ゆえ》、外食が多くなり、どうしても油っぽいものばかりになってしまう。ここならバランスの取れた食事ができそうだ。

「メインは別に注文するんですけど、それ以外は自分で選ぶんですよ」

説明しながら実践する日比野に倣《なら》って、雄生も同じようにカウンターの奥に向かってメインの総菜をオーダーする。そして並んだ小鉢の中から、普段は摂取できないような野菜の入ったものをトレイに載せた。ご飯やみそ汁は自分で好きなだけ入れていいシステムになっている。

全てをトレイに載せ、精算を済ませてから、空いていた四人がけテーブルに向かい合って座った。

「意外にたくさん食べられるんですね」

テーブルの上に互いのトレイが並んだのを見て、日比野は改めて感心したように言った。確かに雄生のほうが日比野より二品多い。とは言っても、小鉢は小さなものだし、この歳の男が食べるのには標準的だ。

「君が少食なんじゃないのか？」

今度は雄生が感想を口にする。手も動かさずに話だけというのもおかしくて、雄生は先に箸《はし》を動かした。日比野が気を遣わないようにだ。

「ガタイのわりにってよく言われます。でも、回数が多いだけなんですけどね」

日比野も茶碗《ちゃわん》を片手に話しながらの食事を始める。

「回数？」

「この後も最低、一回は食べますから」

今がもう午後八時近くになっているから、もう一回は夜食に違いない。クリエイティブな仕事だから、どうしても夜が遅くなりがちなのだろう。かなり不規則な生活になっているようだ。

「太らないか？」

「太りますよ。だから、毎日、走るようにしてます。運動不足になりがちだからっていうのもあるんですけど」

「それはすごいな」

雄生は素直に感心した。雄生自身も運動不足解消と太らないためにジム通いはしているものの、忙しくて行けても週に二回だ。生活が不規則になるほど日比野も忙しいはずなのに、そこに精神力の強さを感じる。また日比野のいいところを見つけてしまった。どこかに欠点がないのかと食べながらも、上目遣いに日比野を盗み見る。

「あ、そうだ。これを忘れないうちに渡しておかないと」

食事もそろそろ終わりに差し掛かったとき、日比野が急に思い出したようにバッグを探り、小さな包みを取り出した。細長い緑色の小さな紙袋で、手のひらに少し余るくらいの大きさだ。

「どうぞ」

日比野はそれを雄生のほうへと突き出してくる。

雄生は首を傾《かし》げながらも、ひとまずそれを手にした。今のところ、何かを提出されるような急ぎの仕事を頼んでいない。それにデザインの仕事ならこんな包みではなく、まずはデータで会社宛《あ》てに送ってくるはずだ。

「これは……？」

雄生は驚きを隠せなかった。袋の中を覗《のぞ》くと、さっきショップで見たばかりのボールペンが入っていたのだ。

「使ってください」

日比野は笑顔で勧めてくる。あのとき店で急に姿が見えなくなったのは、こっそりこれを購入するためにレジに向かっていたからだった。

「俺が？」

雄生はさすがに躊躇《ためら》い、プレゼントをされたというのに礼の一つも言えなかった。このキャラクターは、三十を過ぎた男が持つにしてはかわいすぎるが、日比野の好意は嬉しかった。

「蓮沼さんのように、いかにもエリートって感じの人がこういうのを使ってると、親しみやすさが増して、もっとモテるようになりますよ」

「もっと？」

日比野の言葉を聞き咎《とが》め、雄生は問い返す。

「結婚したい男ナンバーワンなんですよね？　わかるなぁ」

しみじみと日比野は呟く。女子社員の戯言《ざれごと》を信じてくれるのは、それだけ雄生に魅力があると思ってくれているのかと、顔が緩みそうになるが、雄生はなんとか苦笑いの表情を取り繕う。

「俺はそんなにモテた覚えはない」

「そうですか？　気づいてないだけですよ」

「俺なんかより、君のほうがモテるだろう」

「友達は多いですね」

日比野ははっきりと否定しなかった。この容姿でモテないと言えば嫌みになるが、はいそうですと認めるのも反感を持たれる。否定も肯定もしていないごまかし方も慣れたものだ。よほど言われ慣れているのだろうと思わせる、完璧《かんぺき》な対応だった。

雄生は思わず小さな溜息《ためいき》を吐いてしまった。これほど何もかも好みの男に出会ったのは初めてだ。

「どうかしました？」

雄生の溜息の意味を、日比野が不思議そうに問いかけてくる。

「ああ、いや、君にデザイナーの才能がなければ、うちの営業にスカウトしたいと思ってな」

「営業ですか？」

日比野は意外そうな顔をしたが、すぐに、

「でも、俺にデザイナーの才能、あります？」

「ないと困る。大事な仕事を任せてるんだ」

「そうでした」

少し厳しめに言った雄生に対して、日比野が首を竦める。子供っぽい仕草も、日比野がすると様になるから不思議だ。

食事はもう終わっていた。席を立つタイミングは雄生が見計らった。立場的に下になる日比野からは言い出せないだろうと思ったからだ。

結局、店には三十分といなかった。酒を飲まなければ、男同士の食事などこんなものだ。

「蓮沼さんは何線で帰られます？」

店の前で日比野に尋ねられた。利用する路線によっては、ここからの方角が違ってくるからだ。おそらく同じ駅なら一緒に行こうと言い出すだろう。

「ここからなら、タクシーを使ったほうが便利なんだ」

雄生はそう言って、自分の最寄り駅を告げた。

「そうなんですか。それじゃ、そこの通りで拾えますね」

日比野の声がどこか残念そうに聞こえるのは、雄生の勝手な思いこみで、願望がそう思わせているだけだ。

「それじゃ、また」

雄生は想いを隠すために、わざと素っ気なく別れの言葉を自分から切り出した。

「今日はありがとうございました」

お辞儀をする日比野に見送られ、雄生はその場から立ち去った。

本当はタクシーでなくてもよかった。だが、これ以上、日比野と一緒にいると、ぼろが出そうな気がしたから逃げたのだ。

話せば話すほど、何もかもが好みすぎて、どんどん気持ちが傾いていく。誰かに好意を抱くことが久しぶりすぎて、自分が冷静な態度を取り続けられる自信がなかった。それに可能性もないのに、ただ見ているだけはあまりにも目の毒だ。

大通りに出て、走ってきたタクシーを捕まえる。運転手に行き先を告げてから、雄生はシートに深く身を沈めた。手は自然と胸ポケットへと移動する。

日比野にもらったペンは、この中に収められている。まだ片想いにすらなっていない、ほのかな好意は、このペンだけを思い出にするくらいでちょうどいい。

雄生の口元には僅《わず》かに微笑が浮かんでいた。

二日後、雄生は朝から打ち合わせで出かけていた。今回の新製品の宣伝には、人気俳優の末《すえ》続義友《つぐよしとも》を起用することが決まっている。その俳優の事務所で、マネージャーとスケジュールやコンセプトに関して詳細を煮詰めることになっていた。

雄生の側は部下の宮脇と二人、事務所側は俳優が仕事のため、チーフマネージャーの関根真《せきねま》美《み》一人となっていた。

「これで問題ありません」

全ての企画に関根が了解を出した。関根は四十代後半で、事務所内でもかなりのポジションにあるらしく、今回の企画も決断を一任されているのだと言う。

「末続の新しい一面を引き出してもらえそうで、期待しています」

「ご期待に添えるよう、努力致します」

雄生は深く頭を下げる。

今年三十六歳の年男になった末続は、人気だけでなく実力も兼ね備え、テレビドラマよりもむしろ映画に引っ張りだこだ。翳《かげ》のある役が多く、そこがかっこいいと言われているのだが、事務所的にはそろそろ違うイメージも出していきたいらしい。雄生たちからのオファーは絶好のタイミングだったようだ。

「おもしろいペンをお使いですね」

関根がメモを取っていた雄生の手元に目を留めた。

「ちょっと見せてもらってもいいですか？」

「ええ、どうぞ」

雄生は使っていたボールペンを関根に差し出す。日比野デザインのキャラクターがついたペンだ。だが、これは日比野にもらったものではなく、雄生が自分で買ったのだ。

せっかくの日比野の好意だから、使わないでいると日比野に会ったときに気を悪くされるかもしれない。けれど、もったいなくて使えない。だから、翌日の会社帰りにまたあの店に行き、自分で新たに購入したというわけだった。

「今度のキャラクターデザインを頼んだ、デザイナーの作品なんですよ」

雄生は説明を付け加えた。やはり少し気恥ずかしいのもあって、自分の趣味だけではないと言い訳をする。

「いいですね。なんだか、和みます」

関根はキャラクターを見ながら笑顔を見せた。置いてある店や品揃えを見る限り、若い女性を対象にして作られたもののようだったが、関根のような年代の女性にも訴えかけるものがあるようだ。

「よかったら、そのままお持ちください」

雄生は日比野の作品を褒められたことが嬉しくて、笑顔で関根に申し出た。

「いえ、そんな……」

関根が焦ったように辞退する。催促をしたのではと気にしているのだろう。

「遠慮なさらずにどうぞ。いくつかもらっているんですよ」

関根が気楽に受け取れるよう、雄生は嘘を口にする。ペン一本くらい、たいした金額ではないし、喜んで使ってもらえるなら、日比野もきっと嬉しいはずだ。最初は恐縮していた関根もそれならと最後は受け取った。

打ち合わせは無事に終わった。こうして一つずつ、プロジェクトが進行していく。今のところ、全てが順調だった。

「そういえば、さっきのペン、いつもらったんですか?」

会社に戻るタクシーの中で、宮脇が素朴な疑問をぶつけてきた。最初の顔合わせで、ペンをもらっている様子がなかったのは、その場にいた全員が知っている。それに、もしプレゼントされていたのだとしても、雄生だけにとなれば、おかしな話だ。

「偶然、街で会ってな」

隠すほうがおかしいと、雄生は正直に事情を説明した。そして、リサーチに出かけた先の店で、レジ前のいい場所に置いてあったことも付け加える。人気のある商品なのだと自慢したかったのだ。

「やっぱり人気あるんですね。俺も欲しくなりましたから」

宮脇は興味をそそられたように言った。この場にいない日比野に世辞を言う必要はないから、本心に違いない。やはり日比野の作品には、女性だけでなく男性にも訴えかけるものがあると睨《にら》んだ自分の目に狂いはなかった。ますますまだ見ぬ新キャラクターへの期待が高まる。

「悪いな。たくさんもらったというのは嘘だから、お前にやる分はない」

「催促で言ったんじゃないですって」

　宮脇は慌てて否定してから、

「でも、それなら蓮沼さんも今ので自分の分がなくなったんじゃ……」

「実はそうなんだ」

　本当は違うのだが、わざわざ買い足したことまで話す必要はない。日比野にもらったものは大切に保管しておきたいからなどと、言えるはずもなかった。本物は今も雄生の部屋のパソコンデスクに飾られている。

「もらいものを他の人にあげたのがばれると気まずいですよね。日比野さんとはこれからも会うんだし」

「まあ、そうだな」

　雄生もそれは考えていた。だから、近いうちに同じものを買いに行くつもりだと付け加える。

「だったら、俺がついでに買ってきますよ。ちょうど今日の夜、池袋に行くことになってるんで。自分の分と一緒に」

話しているうちに宮脇は買うことを決めていたようだ。小柄で童顔な宮脇なら、雄生ほどあの売り場に馴染まないことはないだろう。

「それなら頼もうか」

「了解です」

雄生が厚意に甘えて頼むと、宮脇は笑顔で引き受けてくれた。

雄生が持ち続けることで、人の目に触れやすくなるのなら、少しは日比野の役に立てるかもしれない。些細《ささい》なことでも、好意を抱いている男のために何かできるのが嬉しかった。


時間がいくらあっても足りない。そんな心境だった。新商品の販促だけでなく、それ以前からの業務にも引き続き関わっていて、雄生の一週間はあっという間に過ぎていく。

今回のプロジェクトには、チームリーダーとして指揮するだけでいいと上から言われて任されたのに、性分として全てに熟知していないと気が済まないのだ。自分で自分の首を絞めているようなものだが、この仕事が好きだから苦ではなかった。

それに……。

雄生の目はつい日比野のボールペンへと注がれる。ユニークなキャラクターが癒し効果をもたらすとマネージャーの関根は言っていたが、雄生に限っては、このペンの後ろに日比野の笑顔を思い浮かべ、心が和むのだ。思い出すだけは自由。想像の中の日比野はいつもやさしく笑いかけてくれていた。

パソコンを見ていた雄生の目に、画面の隅にある時計が映った。とっくに正午を過ぎている。気づけば部下たちは皆、昼食に出ていて留守だった。この一週間は忙しさのせいで、ずっと社内で昼を済ませていた。出勤途中で買っておいたパンが簡単な昼食だ。食べながら作業できるのが便利で、忙しいときはついパンで済ませがちになる。今日もこうなることが予想できていたから、購入済みだ。

ちょうどきりがいいところだった。コーヒーでも入れて、昼食にしようと雄生は席を立つ。

室内にはチームのメンバー全員のデスクが並んでいて、雄生のだけが窓を背にして配置されていた。残りは向き合う形で二列になっている。そのデスクの横を通り、ドアのそばのキャビネットへと近づいていった。そこにコーヒーメーカーが置いてあるからだ。そうすると雄生の姿はドアを開けてすぐには見えなくなる。そのせいだろう。

「やっぱり美大出身なんだ」

開け放したドアから入ってきた水野たちは、雄生がいることに気づかず、おそらく廊下を歩きながらかわしていた会話の続きを終わらせることなく、部屋に入ってくる。まだ昼休みは終わっていないから、世間話を咎めるいわれはない。

「今の事務所の所長さんが同じ美大の先輩なんだそうですよ。それで誘われるまま、卒業してすぐに入ったって」

得意げに答えているのは今里だ。具体的な固有名詞は出ていないが、雄生にはそれが誰を指しているのかすぐにわかった。

「でも、よくそんなことまで調べたわね」

感心したように水野と松岡が相づちを打つ。女性三人はまだ雄生には気づかない。ここにいるよと存在を主張するのもおかしな気がして、雄生は自然な態度でカップにコーヒーを注ぐが、その物音でもまだ気づかれなかった。

「この間、資料を届けにいったときに、あそこの女性デザイナーさんとランチを一緒にしたんです」

今里は特別美人というわけではないが、人なつっこい笑顔で、どこに行ってもすぐに友人知人を作り上げる。その女性デザイナーともそうやって親しくなったのだろう。

「日比野くんのところには女性デザイナーもいたんだな」

これ以上黙っていると、気づいたときに彼女たちが気まずいだろうと、雄生は口を挟んだ。

「蓮沼さん、いらっしゃったんですか?」

水野たちは互いに顔を見合わせ照れ笑いを浮かべる。噂話に興じていたのを雄生に知られたのが気恥ずかしいのだろう。

「昼にしようかと思ってな」

雄生は紙コップをかかげて見せ、その場所にいた理由を説明する。

「お昼、またパンですか？」

水野が非難めいた視線を向ける。連日、パンを片手に仕事の手を止めない雄生の姿を見ているせいだ。せめて昼食の間くらい休めと指摘されたこともあった。

「これが片づいたら、ちゃんと食べるから」

雄生は苦笑しつつ言い訳し、自分のことから話題を逸《そ》らそうと、

「やっぱり、日比野くんみたいにいい男なら気になるか？」

「そりゃあ、そうですよ」

これが他の男性社員なら、こうは素直に答えなかったかもしれないが、雄生なら日比野を妬《ねた》むことはないと思っているからだろう。水野たちの口は滑らかだった。

「可能性はなくても、知りたくなります」

「可能性がなくはないだろう」

少なくとも女ならという言葉を雄生は呑《の》み込む。可能性どころか、想いを知られただけでも

気味悪がられる男の雄生とは立場が違うのだ。

「彼女、いるんだそうですよ」

今里が口を挟んできた。

「そうなのか？」

問い返す声が僅かに喉《のど》に絡んだが、今里たちは気づいた様子はない。

「そのデザイナーさんが言ってたんです。付き合って二年になる彼女と、今もラブラブらしいです」

「まあね、日比野さんみたいな人がフリーだとは思ってなかったけど」

心底残念そうな松岡の口調に他の二人が笑いを噛《か》み殺す。どうやら、松岡が特に日比野を気に入っていたようだ。

「仕事に何か楽しみを見つけるのはいいことだよ」

雄生は大人ぶった言葉でその場から離れ、自分の席へと戻った。それから機械的に手を動かし、味のわからないままサンドイッチを口に運ぶ。視線はパソコンに向けていても何も映っていなかった。

初めから何も期待などしていなかったのに、日比野に彼女がいると聞いて落胆している自分に自嘲《じちょう》する。アイドル的存在だったのだから、いっそ何も知らないままで、関わりをなくすほうがよかった。

　味気ない昼食を終え、昼休みも残り十分になる。そこへ外から戻ってきた宮脇が、まっすぐ雄生の席に近づいてきた。

「蓮沼さん、すごいことになってますよ」

　どこか興奮した様子の宮脇に、雄生は仕事の手を止め、続きを促した。

「何がどうしたんだ？」

「これですよ」

　宮脇はデスクにある例のボールペンを指さした。

「売り切れ続出で、手に入らなくなってるんです」

　そう言って、宮脇は断りを入れてから、雄生のパソコンをインターネットに接続した。さらに検索エンジンを利用して、ある会社のサイトを開く。

「これは……」

　雄生は驚きを隠せず、言葉を詰まらせた。そこは日比野デザインのキャラクターグッズを販売している会社のＨＰだった。トップページにいきなりお詫《わ》び文が掲載されている。品切れで迷惑をかけているが、現在、急ピッチで生産中だとしている対象商品は、日比野デザインの一連のものだ。

「この近くにも取り扱ってる店があったんで、さっき寄ったんですよ。そうしたら全部、品切れで、急におかしいと思って店の人に聞いたら、砂川彩名《さがわあやな》がテレビで紹介したせいだって言うんです」

砂川彩名なら雄生もよく知っている若手トップクラスの女優だ。ドラマに出れば高視聴率を叩き出し、若い女性からはファッションリーダーと呼ばれている。

「どうしてまたそんなことになったんだ？」

「彼女が生放送の情報番組にゲスト出演したときに、バッグの中身を公開するって企画があったんです。そこで出てきたのが、例のキャラクターグッズだったそうです。ペンだけでなく、手帳からストラップにハンカチまで持ってたらしいです」

宮脇はさらに説明を続けた。その番組は平日の午前中に放送されたにもかかわらず、彼女のファンが録画でもして見ていたのだろう。放送翌日から同じものを求めて客が殺到したのだと言う。元々がそれほど大量に仕入れていなかったため、あっという間に品切れになった。

「すごい影響力だな」

「今の彩名なら考えられますよ。ちょっと前にも愛用していると言った香水が馬鹿売れしたらしいですから」

「しかし、砂川彩名がよくこの商品を知ってたな」

雄生は不思議に思い首を捻《ひね》る。

「そこなんですけどね。蓮沼さんが原因じゃないかと……」

「俺が？」

「彩名は末続義友と同じ事務所です」

宮脇の言いたいことがすぐにわかった。末続のマネージャーの関根にボールペンをプレゼントしたのは四日前のことだ。同じ事務所なら、どこかに接点があってもおかしくない。関根が所持していたのを見て、彩名が興味を持った可能性は充分に考えられた。

「もしかして、そこまで考えてました？」

宮脇が窺うように問いかけてくる。

「まさか。偶然に決まってるだろ。だが、いい前宣伝になったな」

デザイナーとしての日比野の名前が知られれば、今度の新キャラクターも彼の制作したものだという売りにもなる。

これで今のプロジェクトが成功しなければ、雄生の責任だ。雄生は改めて気を引き締め直した。

その日の夕方だった。五時を過ぎ、残業予定のない者たちは帰り支度を始める頃、室内の電話が呼び出し音を響かせた。

「主任、日比野さんからお電話です」

応対に出た今里が電話を取り次ぐ。今日は何かと日比野の話題が出ることが多かった。その締めが本人からの電話だというのが運命めいていて、雄生をときめかせる。

「お電話かわりました。蓮沼です」

雄生は平静を装い応答しながらも、受話器を耳に押し当て、一言でも日比野の声を聞き逃すまいと耳を澄ませる。

『お忙しいところすみません』

日比野はまず恐縮した様子で謝った。

「いえ、大丈夫ですよ。どうかされましたか?」

『すみません、実は仕事の話じゃないんです』

日比野はますます申し訳なさそうにしているが、雄生には仕事以外で日比野から電話をもらうような理由が思い当たらない。

『蓮沼さんにお礼がしたくて、仕事の後、お時間をもらえないですか?』

「礼?」

ピンと来ない単語に雄生は問い返す。仕事はまだ途中だから、結果も出していないうちに日比野を指名したことの礼ではないだろう。

『電話だと説明が長引くので、説明も後でじゃ、駄目ですか？』

歳下の男からの少し甘えるような口調が耳に心地よい。それに、雄生の側に仕事以外で日比野に会えるというのに断る理由などなかった。

「それが八時にならないと体が空かないんです」

雄生は浮かれる気持ちを押し殺して答えた。本当ならすぐにでも会いたいところなのだが、残念なことにこれから外で打ち合わせが入っていた。ＣＭ撮影に関してで、相手に合わせて遅い時間の設定にしていたのだ。自分一人の残業なら翌日の朝にでも回すのにと自分の運のなさを雄生は嘆く。いくらなんでも八時では遅いだろう。

『遅い分には全然大丈夫ですよ』

雄生の落胆を吹き飛ばす言葉が返ってくる。

『俺は元々が夜型ですからね』

だから気にしないでいいと、日比野は雄生の遠慮を打ち消した。

それならと八時に時間を指定し、待ち合わせ場所を決めて、電話を切った。

礼だと言うのだから仕事に関する何かだろうが、日比野は雄生だけを誘ってきた。部下たちに声をかけてとは言わなかったし、雄生の都合しか聞かなかった。だから、雄生も誰にも声はかけない。二人だけで会えるチャンスをわざわざ自分から壊したくなかった。

「蓮沼さん、そろそろ行きますか？」

宮脇が呼びかけてきた。打ち合わせに出かける時間が迫っていたのだ。早く出かけたからといって早く終わるわけではないが、八時の待ち合わせには絶対に遅れたくない。雄生はすぐに立ち上がった。

打ち合わせは予想以上に早く終わった。もちろん、そこには雄生の意志も含まれている。相手に質問する隙《すき》すら与えない完璧な説明で、二時間の予定が一時間で済んでしまったのだ。

そうして約束の八時より十五分も早く待ち合わせ場所に到着した。わかりやすいようにと駅前にしたのだが、まだ日比野の姿はない。雄生はどこからでもすぐに自分を見つけてもらえるよう、わかりやすい場所に立った。

十五分すれば日比野がやってくる。ほんの一週間前にも会ったというのに、久しく会っていなかったかのようにその瞬間を待ちわびる。まさにときめいていると言っていいだろう。

デートでもないのに、一方的に気持ちが盛り上がっていた。顔まで熱くなっているような気がして、日比野が来るまでにどうにかしてこのドキドキを落ち着かせたい。緊張で口の中まで渇いてくる。せめてこの渇きだけでも癒そうかと、自動販売機を探して視線を彷徨《さまよ》わせたときだった。

「蓮沼さんっ」

背後から呼びかけられ、雄生は動きを止めた。駅の構内から日比野が慌てた様子で駆け寄ってくる。

「すみません。かなりお待たせしました？」

雄生の目の前に立った日比野は、どこで気づいて走り出したのか、僅かに息を切らせていた。

「いや、ついさっきだ。仕事が早く片づいて」

雄生は聞かれてもいない言い訳を口にした。早く会いたかったからだと知られそうで怖かったのだ。こんな気持ちを知られたら絶対に気味悪がられるに違いない。

「絶対に俺のほうが早く着いてようと思ったのになぁ」

ようやく呼吸が整った日比野が、少し悔しそうな口調で呟く。こうしたときに時折覗く子供っぽい表情もまた、雄生の心を掻《か》き乱すほど好みだった。

「また俺の知ってる店で構いませんか？」

「それは構わないんだが、お礼って？」

日比野が先に歩き出したので、ついていきながら雄生は問いかける。

「蓮沼さんのおかげで、俺を指名しての仕事が増えたんです」

行き先を知らないまま並んで歩き、会話が続く。日比野は笑顔で雄生の質問に答えた。

「あのボールペン、蓮沼さんが砂川彩名さんの事務所の方に渡してくれたんですよね？」

「それはそうだが……」

今日の昼にそんな話をしたばかりだった。だが、本当にそれが原因なのかは判断のしようがない。雄生がそう指摘すると、

「檜垣がテレビ局に知り合いがいるからと、そのツテで尋ねてくれたんです。そうしたら、末続さんのマネージャーからもらったんだと教えられたそうです」

宮脇の推測は当たっていた。事務所ででも顔を合わせたのか、目に留まったということは、関根は本当に気に入って使ってくれていたようだ。

「だから、蓮沼さんだってわかったんです」

日比野は自信たっぷりに言った。今回のＣＭで末続を起用するのは日比野も知っていることだ。画面では新キャラクターと末続が並ぶことになる。それも考慮に入れてもらう意味で事前に教えていた。

「勝手なことをしてすまない」

贈り物を他へ回してしまったことを雄生は素直に詫びた。

「とんでもないです」

日比野が慌てて雄生の詫びを否定する。

「本当に蓮沼さんのおかげなんですから。檜垣も大喜びしてますよ」

「いや、俺は向こうさんに喜んでもらえたら、仕事もスムーズに行くと思っただけで……」

「結果として注目されることになったのは事実ですから、今日は奢《おご》らせてください」

そこまで言われては断れない。それにもう待ち合わせ場所まで来ているのだ。雄生はありがたく奢られることにした。

そんな話をしているうちに店に到着する。今日は日本料理の店だった。日比野はちゃんと予約もしていたらしく個室の座敷へ案内された。礼をするために、いつもよりは値の張りそうな店にしてくれたようだ。

今日はどちらも仕事終わりだということで、二人して生ビールを頼む。

「本当にありがとうございました。最初に俺を起用してくれたことだけでも、感謝しきれないくらいなのに」

乾杯をしてから、日比野が改めて頭を下げた。

「君に力がなければ頼まない。今回のことも、いくら俺があのボールペンをプレゼントしたところで、デザインがよくなければ気に入ってはもらえなかったはずだ」

雄生の賛辞を日比野は嬉しそうな笑顔で聞いている。

「でも、チャンスを作ってくれたのは蓮沼さんです。チャンスは実力だけじゃ、手に入るものじゃありませんから」

日比野の表情に自信が見えた。男らしさが窺え、うっかり見とれてしまう。

「その前に蓮沼さんのところのデザインですよね。納得してもらえるものを必ず作りますから」

「あ、ああ、期待してるよ」

返事が遅れたのは見とれすぎたせいだ。そこに日比野おすすめだという料理が運ばれてきて、うまくごまかすことができた。

「特にこれがおすすめです」

店員が去ってから、日比野は鯛のあら煮を指さした。さっきの雄生の動揺には気づいていないようだ。

「それじゃ、遠慮なくごちそうになろう」

遠慮をし続けるのは、かえって印象が悪くなる。少しでも日比野に気に入られたい雄生は箸を伸ばす。

「そうですよ、遠慮しないでください。そんなに高い店じゃないんですから」

「そうなのか？」

雄生は個室の中を見回した。調度品はないし、それほど広い座敷でもないが、居酒屋のようなざわついた様子はなく、落ち着いた雰囲気はなかなか居心地がよかった。

「いい店を知ってるんだな」

「よかったらデートにでも使ってください」

何の気なしに口にしただろう日比野の言葉に、雄生はつい表情を曇らせてしまう。今日の昼に部下たちがしていた噂話が瞬時に蘇《よみがえ》った。きっとこの店にも彼女と一緒に来て、こうして向かい合わせに座り、楽しい時間を過ごしたのだろう。そんな日比野に想いを寄せている自分が惨めになる。だが、日比野にそれを気取られるわけにはいかない。

「機会があったら使わせてもらうよ」

雄生は恋人がいないとは言わなかった。いることを前提に話をされているのなら、わざわざ否定することもない。

「あ、今日の電話、大丈夫でした？　仕事中に私用の電話なんかして」

日比野は思い出したように尋ねてきた。夕方の電話のときも気にしていたが、よほど雄生は忙しいと思われているようだ。

「あれくらいのこと、そこまで気にしなくてもいいよ」

雄生は苦笑して答える。忙しいのは確かだが、電話をする暇がないほどではないし、日比野の電話は全くの私用というわけでもないのだ。

「もしよかったらなんですけど、蓮沼さんの携帯番号を教えてもらえませんか?」

意外な申し出に雄生は返事に困った。日比野が何を意図して、こんなことを言い出したのか、予想がつかないからだ。

「携帯なら、出られないときは忙しいんだってわかるじゃないですか。それに会社の電話だと、蓮沼さん、改まった話し方するでしょう?」

「そう、だったかな?」

雄生は気づかなかったととぼけて見せる。本当は意識的にそうしていた。声だけになってしまうから、なおさら、普通に振る舞おうと意識して改まってしまうのだ。電話の相手の日比野に対してだけでなく、周りで聞いているだろう部下たちの耳も気にしてのことだった。

「だから、携帯ならいいかなって。今の話し方のほうが、蓮沼さんと親しくなれてるような気がするんです」

これではまるで雄生と親しくなりたいと言っているようなものだ。しかも笑みまで浮かべて言われれば、携帯番号どころか、どんな個人情報だって教えてしまいたくなる。

「それじゃ何か書く物を……」

雄生はスーツの内ポケットから名刺入れを取りだし、そこから一枚を抜き取った。既に日比野にも渡している名刺だが、その隅に十一桁の番号を書き始める。

ふいに手元が暗くなった。顔を上げると身を乗り出していた日比野と目が合う。これだけ顔が近づいたのは初めてだ。突然のことにうろたえ、雄生は書き終わってもいないのに、焦って身を退《ひ》いてしまう。

「あ、すみません」

雄生の態度で日比野も慌てて元の位置に戻った。誰でもそれほど親しくない相手と至近距離になるのは居心地のいいものではないはずだ、極端に不審な態度ではなかったと雄生は自分に言い聞かせる。

「そのペン、使ってくれてるんだと思ったら嬉しくて、つい……」

日比野は恥ずかしそうに頭を掻く。最近は常にこのボールペンを使っていたから、今も無意識だった。指摘され、今度は雄生が恥ずかしくなる。

「でも、また同じものを買ってくれたんですね。言ってくれれば、すぐに届けたのに」

もらったボールペンは未使用のまま、雄生の部屋に飾られていることを、日比野は知らない。このペンは雄生にとっては既に三本目になるとは思いもしないだろう。

「今、うちのチームでもブームなんだ。みんなが持ってる」

若干、苦笑しつつ答えると、日比野は照れくさそうに笑った。

「今度、そちらにお邪魔するときが楽しみです」

「今度といえば、うちの仕事のほうはどうなってるかな？」

せっかくのプライベートでも、二人の共通の話題となれば、どうしても仕事になる。それに進行状況が気にもなっていた。

「順調って言いたいとこなんですけど……」

珍しく日比野が言い淀《よど》んだ。

「アイデアが出ないとか？」

雄生は心配になり窺うように問いかけた。最初はあんなに意気込んでいろんな案を出してきたというのに、どうしたのだろうか。

「いえ、そうじゃなくて、出過ぎて困るっていうか、絞りきれないっていうか。いろいろ試してみたくなるんです」

「それはすごい。ああいうキャラクターがいくつも浮かぶなんて」

「でも、実際はこれっていう決め手がないだけなんでしょうね」

日比野の気持ちが雄生にもわかるような気がした。雄生の仕事でもそうだ。プランがいくつも浮かんで迷うのは、決定打に欠けるからだ。

「まだ時間はあるんだ。あまり思い詰めないようにな」

「はい。だから今日は俺の息抜きも兼ねてます」

日比野はまた子供みたいな顔で笑い、雄生もつられて口元を緩める。自分と会うことで気分転換になるのだと言われれば、息抜きだと言われても怒る気にはなれない。

楽しい食事が進み、テーブルに載った料理が次々となくなっていく。つまり、それだけの時間が過ぎ、別れのときが近づいているということだった。

「失礼します」

戸口から店員の声がする。個室といっても、隣との席が仕切られているだけで、ドアはない。顔を向けると店員が立っていた。

「ラストオーダーの時間ですが……」

もうそんな時間なのかと、雄生と日比野はほぼ同時に腕時計に目をやった。もう十一時になろうとしている。この店は十二時までの営業だった。二人が追加はないと断ると、店員はすぐに立ち去った。

「平日に誘うんじゃなかったですね。明日のことを考えなきゃいけない」

日比野が残念そうに呟く。まだ飲み足りない気分だったが、確かに明日も仕事だと考えると二軒目に行くわけにはいかない。

「確かにそうだな」

答えた雄生の声にも、自然と寂しい気持ちが混じってしまう。

「今度は金曜か土曜に誘いますね」

「今度？」

「迷惑ですか？」

驚いて問い返す雄生を日比野は上目遣いで窺う。

「いや、君は忙しくなったと言ってたんじゃなかったか？」

「蓮沼さんよりも俺のほうが、自分の好きに時間を配分できると思いますよ？　納期さえ守ればですけど」

「それは今までの話だろう？　これからは相当、忙しくなるんじゃないか？」

雄生の指摘に日比野はウッと詰まる。その仕草が少年のようで雄生は口元を緩める。大人の男にしか見えないのに、子供じみた仕草もよく似合う。それが余計に爽やかさの原因にもなっているのかもしれない。雄生には到底似合わない仕草だ。

「そうなるといいですけど」

まだ依頼があっただけで、正式に契約までには至っていないのだと日比野は付け加えた。

なかった。

「ありがとうございます。蓮沼さんにそう言ってもらえると自信が出るなぁ」

日比野は素直に褒め言葉を受け取りつつも、逆に雄生を持ち上げることを忘れない。他の人間にされればごますりだと思ったかもしれないが、日比野の親しげな雰囲気がそうは感じさせなかった。

「大丈夫だ。君なら」

「でも、時間は作ろうと思えば作れますよ」

「君を見習わないといけないな。俺はつい仕事に振り回される」

雄生は苦笑いで呟く。ここ数年、責任ある役職についてからというもの、すっかり仕事中心の生活になり、仕事が趣味のようになっていた。

「なんか、働く男って感じで、かっこいいですね」

日比野にしみじみと感想を口にされ、気恥ずかしいのだが嬉しくもある。雄生はにやつきそうになるのをなんとか堪えた。

「あっと、また話し込んでしまうところだった。出ましょうか」

雄生には切り出せないきっかけを与えられ、二人は店を出ることになった。最初の約束どおり、精算は日比野が済ませ、本当にごちそうになった。

「今日もタクシーですか？」

店を出てから日比野が問いかけてくる。

「そうだな。ここからならそのほうが早そうだ」

「だと思った」

呟いた日比野の言葉を聞き咎める前に、

「あ、タクシーが来ましたよ」

日比野はそう言って、向かってきたタクシーに手を上げた。車はすぐに二人の横で停まる。

「それじゃ、また」

日比野に見送られ、雄生は車に乗り込んだ。

いつも気づくのは後になってからだ。ここからなら雄生のマンションまではタクシーですぐの距離だ。日比野はそれをちゃんと覚えていて、この街で食事をしようと決めたのだろう。そこまで気遣ってくれる日比野に対して、無駄だとわかっていても想いを募らせてしまうのを止められなかった。


結局、あれから十日が過ぎ、週末も迎えたが、日比野《ひびの》から連絡はなかった。友人の一人に加えてもらったかもしれないと思っても、自分から電話はできない。日比野とてそうそう雄生《ゆうせい》ばかりに連絡を取ってはこないのは当然だ。友人が多いと日比野は自分でも言っていた。それに、彼女だっているのだ。時間ができればその彼女に会うのを優先するだろう。

わかっていても気持ちは沈む。晴れない気分のまま月曜の朝を迎えた。プライベートと仕事は切り離す。それが日比野に褒められた働く男の姿だと、雄生はいつもどおりに出勤した。

毎朝の日課としてまずメールチェックをする。全部で十五通届いていた。うち十四通は急ぎではなく、社内報告や取引先からの案内文で、時間のできたときに目を通せばいいようなものだった。問題は最後の一通だ。

今日の午前四時に送信された日比野からのものだった。雄生は急いでマウスをクリックして、本文を開く。

簡単な挨拶《あいさつ》の後、デザイン画ができたから確認してほしいと書いてあった。文面どおりにファイルが添付されている。続けてそれも開いた。

雄生は動きを止め、画面に釘付《くぎづ》けになる。

打ち合わせでどの路線で行くかは決めていた。だが、そのときの雄生には漠然としたイメージしかなく、ちゃんと伝えられたのか不安はあった。

抽象的なイメージが具体的な形になって現れた。このデザイン画にはそんな衝撃を受けた。モチーフはとうもろこしだった。『ふわふわコーン』は名前からもわかるとおり、原材料にとうもろこしを使用している。日比野はそれを擬人化して、ユニークなキャラクターを作り出した。ただし、よく見なければとうもろこしだとは気づかないだろう。商品とセットになって初めて、ああと頷《うなず》けるのだ。

雄生はすぐにデータをプリントアウトした。用紙が排出されるのを待ちきれず、プリンターの前まで移動する。

雄生は始業時間よりも、いつも三十分以上早く出勤するようにしていた。人のいない中で静かに作業ができるからだ。残業だと他の人間もいて、何かと手を止められることも多いが朝はそれがなく、集中できる。最初こそ、部下たちも同じように早く出てこなければいけないのかと気にしていたが、一人がはかどるのだと言う雄生の説明に納得し、始業時間に合わせている。そろそろ午前九時になろうとしていて、部下たちが徐々に顔を見せ始めた。かけられる朝の挨拶に応《こた》えながらも、雄生はその場を動かなかった。

カラーでプリントされた用紙が雄生の目の前に排出されてくる。パソコンの画面で見るのと、紙にプリントされたものとでは印象が違うこともあるが、これは大丈夫だ。画面を見たときの衝撃は薄れない。

雄生は腕時計に目をやる。ちょうど九時になったところで、振り返ると、全員が出勤していた。

「みんな、集まってくれ」

雄生は声をかけながら、会議テーブルに移動する。予定にない招集だが、誰も理由を問わずに全員がテーブル周辺に集まった。

自分の印象だけでは足りない。部下たちの意見を聞きたかった。特に女性のだ。

「日比野くんからキャラクター画が届いた」

雄生はそう告げ、プリントアウトしたばかりのデザイン画を配る。一人一人にじっくり見てもらうため、人数分を用意していた。全員の手にそれが行き渡る。

「思わずクスッと笑ってしまうような、俺はそういうキャラクターを求めていた」

雄生はこのデザインを見たとき、これだと思った。その気持ちを込めて、メンバーにどうだと意見を求める。

「あまりにも〝かわいい〟を全面に押し出されると男には厳しいけど、これなら俺が持っててもおかしくないですね」

最初に答えたのは宮脇《みやわき》だった。その表情が緩んでいるのは、デザイン画のせいだろう。

「でも、かわいいです」

松岡《まつおか》がじっと見つめて意見を述べる。

「いろんなグッズにもしやすそうですね」

冷静に言ったのは水野《みずの》だ。紙に印刷された平面のイラストでも、丸いフォルムが容易に想像される。これなら当初予定していた柔らかい感触を生かしたグッズが作れるだろう。

「俺はこれで行きたいが、みんなはどう思う？」

雄生の全員の顔を見回した。

「俺も賛成です」

「私も」

口々に賛同の声が上がる。上司である雄生に無理に媚《こ》びたようには感じられない。

全員の意見が一致した。雄生は早速、販売促進課課長に報告に向かう。今回のプロジェクトは雄生に一任されているが、報告の義務はあるし、最悪、認められない可能性だってあるのだ。だから、雄生は日比野に連絡するよりも前に課長の承認を取ることを選んだ。

課長は部屋は違うが同じフロアにいる。足早に廊下を歩き、課長を訪ねた。手にはさっきのデザイン画がある。

「自信があるんだな？」

出勤したばかりだった課長は、デザイン画の出来よりも雄生の判断を優先させた。雄生には過去にも販促活動を成功させ、商品をヒットさせた実績があるからだ。

「もちろんです」

自信がなければ課長に見せたりはしない。雄生はきっぱりと言い切った。

「なら、やってみろ」

課長のゴーサインが出た。雄生は心の中でガッツポーズを作り、その場を辞した。それから再び自分の部屋に戻り、心配そうな目を向ける部下たちに笑ってみせた。

「やった」

一斉に歓声が上がる。それを尻目《しりめ》に雄生はデスクに座ると、次に知らせなければならない人間に電話をかけた。応対に出た女性に取り次ぎを頼む。

『お疲れさまです』

さほど待たされることなく、受話器から日比野の声が耳へと飛び込んでくる。いつもよりも若干、緊張したような響きがあった。日比野がメールをよこしたのは今日の早朝。雄生からの電話がデザイン画に対するものに他ならないとわかっているからだ。

「ずいぶん、遅くまで残ってらしたんですね」

雄生はまず遅い時間のメールだったことへの感想を口にする。納期にはまだ時間があるのに、この仕事にかけていたという、日比野の気合いが感じられた。

『アイデアが浮かんだときは、すぐに形にしたくなるんで、気づくと朝になってることもよくあるんですよ』

「あまり無茶はされないほうがいいですよ。今は若いからいいでしょうが」

『この後、帰って寝ますから』

雄生のお節介を嫌がることなく、日比野は素直に聞き入れた。

「それで、送っていただいた案ですが」

雄生はそこで言葉を切った。日比野が息を呑《の》んでいるのがわかったからだ。焦らすつもりはないのだが、見たことのない日比野の一面を知ることができて嬉《うれ》しかった。

「今回はこちらで行かせていただきたいと思います」

『……ありがとうございます』

一瞬の沈黙の後、感激したような日比野の声が聞こえてきた。自信をもっていても、それが気に入られるかは別問題だ。メールを送ってから今まで、不安で待っていたに違いない。

「それで詳細画のほうを……」

『すぐに送ります』

勢い込んだ日比野に遮られ、雄生はフッと口元を緩める。

「今日はゆっくり眠られたらどうですか？　さっき帰って寝ると言ってたはずですが？」

『興奮して寝られませんよ。お願いしますから、すぐにやらせてください』

「うちとしては早く上げてもらうのは嬉しいですが、あまり無理はしないで……」

『大丈夫です』

よほど気が急《せ》いているのか、日比野は雄生を遮ってまで意気込みを伝えてくる。

『頭にあるうちにすぐに形にしたいんです』

当の日比野にそこまで言われて、雄生に断る理由はない。でき次第、またメールで送ってもらう約束をし、雄生は電話を切ろうとした。

『これでまた蓮沼《はすぬま》さんを食事に誘えます』

日比野は嬉しそうに言った。

『ちゃんとした結果を見せてからでないと、堂々と会えないですからね』

言いたいことだけ言うと、日比野はすぐに仕事に取りかかると言って電話を切った。

いったい日比野は自分のことをどうしたいのだろう。これだけ思わせぶりに好意を見せつけられれば、嫌でも期待してしまう。男同士だから友情でしかありえないと思っても、微《かす》かな望みを繋《つな》いでしまう。

だが、もし一パーセントに満たない可能性があったとしても、きっと結果は前に付き合っていた彼と同じになるだろう。雄生にはゲイであることと同じくらい、人に言えない秘密があるのだ。

知らず知らず、雄生の口から溜息《ためいき》が零《こぼ》れる。

「蓮沼さん」

いつの間にか近くに来ていた宮脇が、不安そうな顔で呼びかける。

「まだ何か問題でも？」

雄生が考えに耽《ふけ》っていたのを、仕事上のことだと思ったようだ。まさかいい歳《とし》の男が、ばかげた恋の悩みを抱えているとは考えもよらないことなのだろう。

「こんなにいいものを作られれば、成功しないと俺の責任だなって、プレッシャーと闘ってただけだ」

自分をごまかすのは慣れたものだ。いつでも仕事人間の顔に切り替えられる。ずっとそうしてきたし、これからもそれは変わらない。変えるような出来事はきっとこの先も起こることはないからだ。雄生は妄想を振り切るように仕事に没頭した。


二週間後、試作品が出来上がった。日比野が予定よりも早くデザインを仕上げてくれたおかげで、全《すべ》てが計画よりも早めに進んでいた。

「お久しぶりです」

日比野が笑顔でやってくる。試作品が完成したと電話で伝えると、すぐにでも見たいと自ら足を運んできたのだ。

仕事の場以外で二度会っているからといって、日比野は雄生に対してとりわけ親しげな態度を取ることはない。今も水野に案内されて、そのまま水野の隣で試作品を見ている。雄生はちょうどその向かいにいた。

「触ってもいいですか?」

「もちろん」

許可を求められ雄生が頷くと、日比野はすぐにグッズに手を伸ばした。グッズは何種類かを数回に分けてキャンペーン商品にすることが決まっている。第一弾は携帯着ぐるみと銘打って、キャラクターの形を生かした携帯電話ケースとストラップのセットにした。

「柔らかい」

それが日比野の第一声の感想だった。

「衝撃を和らげるクッションの役割にもなってるんです」

水野の説明を真面目な顔で聞いていた日比野は、ふっと雄生に顔を向けた。

「俺、この瞬間が一番、好きなんです」

日比野ははっきりと雄生に微笑《ほほえ》みかける。正面にいるからというのもあるのだろうが、自分だけに笑いかけられているとしか思えないくらい、日比野の視線は雄生を捕らえていた。

「平面じゃなくて、立体になったときどうなるのか、それが楽しみでわくわくして、形になったものが想像以上のできだと嬉しいじゃないですか」

「これは想像以上かな？」

「ええ、最高です」

日比野が満足しているのは、嘘のない笑顔で伝わってくる。せっかくのデザインを崩さずに済んだことに雄生もホッと胸を撫《な》で下ろした。

「これで日比野さんのお仕事、終わりなんですよね」

水野が残念そうに呟《つぶや》いた。このキャンペーンが成功すれば、半年後に第二弾のグッズが製作されるが、それまでは日比野に連絡を取る必要はないし、あっても試作品を送るだけになるだろう。

「あ、そうだ。蓮沼さん」

宮脇が思いついたように声を上げた。

「今日は金曜だし、打ち上げをしませんか？　日比野さんも一緒に」

「それいい」

すぐに賛同したのは水野だ。日比野と一緒の飲み会など、こういう機会でもなければ実現しない。女性陣はみな、期待に満ちた目で雄生を見ていた。

「どうだろう、急なんだが」

雄生は苦笑いしつつ、部下たちの意見を代表して日比野に問いかける。

「俺は全然、大丈夫です」

「なら、是非、君の事務所の方々にも来ていただきたいんだが」

「聞いてみます」

そこからはもう飲み会ムード一色になった。とはいっても、まだ午後二時で、日比野は一旦《いったん》、事務所に戻っていったし、部下たちもそれぞれに仕事は残っている。その合間を縫って、宮脇が宴会の手配をした。

誰もが残業はしないと決意しているせいか、いつも以上にきびきびとした動きで、仕事を片づけていく。

「今日はもう切り上げようか」

午後五時半になろうかという頃になり、雄生が声をかけると、その言葉を待っていたのか、全員がいそいそと帰り支度を始める。社の飲み会など嫌がられることも多いのに、なかなかチームワークができていて微笑ましい。

「日比野くんたちは直接、店のほうに？」

雄生の問いかけに、宮脇は店の場所をファックスで知らせておいたと答えた。それなら安心だと全員で予約した店へと向かう。

雄生たちが着くのとほぼ同時に日比野たちも現れた。

「それでは、みなさん、お疲れさまでした」

宴会を仕切る宮脇の合図で乾杯をし、宴会が始まる。後はそれぞれが勝手に飲み食いをするだけだ。十人弱の集まりだから、すぐにうち解けた雰囲気になる。

雄生の隣には日比野の事務所所長、檜垣《ひがき》がいた。事務所に戻った日比野が誘い、檜垣だけがなんとか都合をつけて出席してくれたようだ。

「今回は本当にお世話になりました」

檜垣は改めて深々と頭を下げた。日比野にとってだけでなく、この事務所としても、これまでで最も大きな仕事だったのだ。

「いえ、お世話になったのはこちらのほうです。あんなに素敵なデザインを描いていただいたんですから」

社交辞令ではなく、雄生は正直な気持ちを伝えた。

「あいつも気合いの入れ方が半端じゃなかったんで、これで少しはゆっくりと寝られるんじゃないでしょうか」

檜垣の言葉を受け、雄生は日比野の姿を目で探した。同年代の宮脇たちに囲まれ、楽しげに酒を酌み交わしている。

　たとえ携帯電話の番号を交換しあっているといっても、仕事が終われば、会う機会などなくなるだろう。そう思うと、寂しさからついグラスを空ける頻度が高くなる。

「大丈夫ですか？」

　不意にかけられた声は隣にいたはずの檜垣のものではなかった。驚いて顔を向けると、心配そうな顔をした日比野が覗《のぞ》き込んでいる。

「前はそんなに飲んでなかったですよね？」

「あれは次の日も仕事だったからだ。明日は休みだし、少々飲み過ぎても平気だ」

　自分の気持ちをごまかすように、雄生はわざと明るく答える。

「ならいいんですけど」

「俺のことはいいから、向こうで待ってるよ」

　雄生は視線を水野たちに向けて、日比野に戻るように促した。一緒に飲みたい気持ちはあるが、日比野を独り占めするわけにはいかない。それに酔いに任せておかしなことを口走らないとは限らないのだ。

　できれば一人で飲み続けよう。そう思いながら雄生はグラスを重ねた。

最初に気づいたのは、寝心地が違うことだった。自分のベッドは好みでかなり固めにしている。それに比べると今の感触はかなり柔らかい。

雄生は重い瞼《まぶた》を持ち上げる。瞼だけでなく、体全体が重い。酔いのせいだとすぐに気づいたのだが、目を開けて入ってきた室内の様子を見ても、何故《なぜ》、知らない場所にいるのかはわからなかった。

唯一わかるのは、隣に誰かいるということだ。肩に触れる温かい感触が、錯覚ではないと教えてくれている。まだ目を覚ましていないらしく、微かな寝息だけが聞こえてくる。けれど、思い当たる人物が雄生にはいなかった。

雄生は意を決して首を曲げ隣に顔を向けた。

息が止まるかと思った。気持ちよさそうに眠る姿に視線を奪われる。起きている顔しか見たことがなくても、見間違いようがない。そこにいたのは日比野だった。しかも触れあっている日比野の肩は剝《む》き出しで、上半身が裸なのだと雄生に教える。

何故ここで日比野と眠っていたのかもわからないのに、日比野が裸の理由など思い当たるはずもない。まさかと思いながら、雄生はそっとシーツをめくってみた。

ひとまずホッと胸を撫で下ろす。日比野はスラックスを穿《は》いたままで、雄生はスーツの上着とネクタイを解いただけの姿だった。何か間違いがあったわけではなさそうだ。だが、そう安《あん》堵《ど》したのは一瞬だった。

日比野の首筋や胸元に散らばる赤い痕《あと》が、雄生の目を奪った。キスマーク以外には考えられない。

雄生がつけたものだという証拠はないが、していないという確証もない。覚えているのは店を出て、誰かにタクシーに乗せられたところまでで、そこから先はほんの数分前に目を覚ますまで、何も覚えていないのだ。

キスマークはどれだけ前のものまで残るのだろうか。これだけはっきりと残っているということは、つい最近つけられたものに違いない。となると雄生がつけた可能性が俄《が》然《ぜん》高くなる。最後まではしていないことだけは断言できる。服を着ているからではなく、そもそも雄生は抱きたいとは思わないのだ。

これまでに恋人はいた。みなかわいいタイプの歳下の男で、いつも頼られる側だった。それはベッドの上でも同じ、リードするもの、できるものと思いこまれていた。相手に奉仕をするのは好きなほうだし、喜ばれていると嬉しくなって本音が言えず、相手の望むまま抱きしめていた。だから、恋人ができても望みは叶《かな》えられたことはない。

本当はずっと抱かれたかった。好きな男に抱きしめられればどれだけ心地よいだろうとずっ

と思っていた。だが、雄生はゲイであることをひた隠しにしていて、万一にでもばれないようにと気を遣ってゲイの集まる店にも行ったことがない。そうなるとなかなか同じ性的嗜好の男とは出会えず、仮に出会えたとしても、体格もよく、男らしい風貌の雄生は当然のように抱く側になってしまっていた。男だからできないことはないが、心底欲していない行為が虚《むな》しくなり、おかげで最近は誰とも付き合わなくなっていた。

だから雄生が無理矢理に日比野を襲ったとは考えられない。抱かれた経験もないから、強引に体を繋げることもできなかったはずだ。

少し冷静になろうと雄生は静かに体を起こし、周囲を見回した。ベッドが二つ並んでいて、どうやらシティホテルのツインルームのようだった。

タクシーに乗せてくれた誰かはおそらく日比野で、完全に酔い潰《つぶ》れて、行き先すら告げられなくなった雄生をここまで連れてきてくれたのだろう。記憶をなくすほど酔っていては、自力でチェックインできたとは思えない。

「うん……」

日比野が低く呻《うめ》いて寝返りを打つ。その拍子に日比野の手が雄生の腰に触れ、飛び上がらんばかりに驚いた。

いつまでもここにはいられない。いつ日比野が目を覚ますかもしれないのだ。考えなければならないことはいろいろあるが、今は逃げ出すことしか頭になかった。

雄生はホテル代として、一万円札を二枚、サイドテーブルに置き、さらに迷惑をかけたことを詫《わ》びるメモを残して、そっと部屋を逃げ出した。

起きたときに日比野がどう思うかは考えられなかった。

酔って絡んだだけならまだいい。だが、想いを口にしていたら、勢いで押し倒したりしていたら……。

ホテル前でタクシーに乗り込み自宅マンションまで急いだ。とにかく誰にも会わない場所で一人になりたかった。

今となっては日比野に携帯番号を教えたことを悔やむばかりだ。教えていなければ少なくとも休み明けまで猶予期間が得られる。

自分が何をしたのか知るのが怖かった。問いつめられるのが怖かった。

携帯電話の電源を切ってしまおうかとも思ったが、仕事の電話が入る可能性を考えればそれはできない。できるとすれば、日比野からの電話に出ないことだけだ。そして、雄生はそれを実行した。

死刑宣告を聞く日のような気持ちで、月曜の朝を迎えた。休み中、携帯電話に日比野からの着信が二度あった。雄生はそのどちらにも出ることができなかった。うまい言い訳が何一つ思い浮かばなかったからだ。

だが会社が始まってしまえば、逃げ道がなくなる。会社宛《あ》てに電話があれば、取り次がれる。訪ねて来られれば応対しないわけにはいかない。

暗い気持ちが足を重くし、出勤したのは定時の五分前だった。

「おはようございます」

朝、部下たちに迎えいれられるのは久しぶりだ。それに応えながらデスクにつくと、早速、宮脇が近づいてくる。

「金曜日はちゃんと家に帰れました？」

「あ、ああ」

雄生は曖昧《あいまい》な返事でごまかした。心配して尋ねてくるということは、雄生がそれだけ泥酔していて、まともに帰れそうになかった証拠だ。

「俺はそんなに酔ってたか？」

少しでもそのときの記憶を呼び戻そうと、雄生は探りを入れる。

「覚えてないいんですか？」

「あんなに飲んだのが久しぶりだったから、途中から記憶が怪しくて……」

「ですよね。俺も蓮沼さんがあんなに飲むなんて知らなかったです。初めて見ましたよ、酔ってる蓮沼さん」

雄生は恥ずかしくて顔を隠すように額を押さえた。

「ちょっと親しみ感じたなぁ」

宮脇が楽しそうに思い出し笑いをする。

「俺、何かしたか？」

不安になり尋ねると、宮脇はさらに笑みを大きくする。

「最後のほう、かなり絡んでましたよ、日比野さんに」

「絡んだ？」

全く記憶になかった。途中で日比野が声をかけてくれたのは覚えているが、その後、すぐに日比野は宮脇たちのところに戻ったはずだ。

「心配しなくても大丈夫ですよ。絡んだって言っても、褒めちぎってましたから。日比野さんも恥ずかしそうにはしてましたけど、あれだけ褒められて悪い気はしないでしょう」

雄生の不安そうな顔に気づいたのだろう。宮脇がフォローするように言った。

酔った勢いで口走ったのなら、本音だから問題はないが、何を褒めたのかが気になる。仕事面だけでなく、いい男だとか顔が好きだとか口走っていたのではないか。そんな不安がよぎったが、宮脇の態度が以前と変わらないということは、ゲイだとばれるようなことはなかったらしい。

「だから日比野さんも最後は自分が送っていくって申し出てくれたんです」

これで日比野がタクシーに乗せてくれたのだとは理解できた。記憶はないが、一人では自宅に帰り着けそうになかった雄生を心配して、ホテルを取ってくれたのだと想像するのもたやすい。

それなのに何も礼を言えずにいた。電話をして、迷惑をかけたことを詫びなければいけないのにだ。

日比野との仕事が一旦は終わっているのが救いだった。商品の試作品はもう仕上がっているし、これでもうしばらくは、日比野が会社を訪ねてくる理由はない。会えなくなるのは寂しいが、合わせる顔がないのだから、雄生にとっては都合がよかった。

明日にはＣＭ撮影が行われる予定だ。まだまだ忙しい日が続く。今はこの忙しさのせいにしてしまおう。情けなくても逃げることしか頭にはなかった。

　昼食を社員食堂で終えて部屋に戻るために廊下を歩いていると、賑《にぎ》やかな声が室内から廊下にまで聞こえてきた。また噂話でもしているのかと深く気にも留めずに、雄生は室内へと足を踏み入れた。

「お邪魔してます」

　思いがけない声が、雄生の表情を凍りつかせる。

「君、どうして……」

　雄生は唖然《あぜん》として、表情を取り繕えなかった。そこにいたのは日比野だった。あの飲み会から一週間が過ぎていた。土曜日に携帯電話に着信があって以来、日比野からの連絡は途絶えていた。忘れてくれているのならそれでいいと思っていたのだ。

「嫌だなあ。早々に縁を切らないでくださいよ」

　日比野は以前と同じ爽《さわ》やかな笑顔を崩さない。

「近くを通りかかったからって、差し入れを持ってきてくださったんです」

　松岡が手に洋菓子店の包みを上げて見せた。

「それは申し訳ないな」

　雄生は頭を下げたものの、自分の態度がいつもと変わりないか、そればかりが気になっていた。

「まだまだお忙しいって聞いたので、陣中見舞いです」

誰に聞いたのだと顔に出ていたのだろう。日比野に代わり、宮脇が答えた。

「俺です。この間、できあがったのを届けにいったときに」

一昨日のことだ。試作品ではなく、正式にプレゼント商品となるグッズができあがってきて、雄生はそれを日比野の事務所に届けるように言っておいたのだが、たまたま出かけていたから、誰が届けたのかは知らなかった。

「それじゃ、あまり長居しても、お邪魔ですから」

「え、もう帰られるんですか？」

残念そうな水野に部屋の外まで見送られて、日比野が帰っていった。

姿が見えなくなると雄生は大きく息を吐く。知らず知らず肩に力が入っていたらしく、ほんの数分だというのに緊張感が尋常ではなかった。

日比野は何も言わなかった。嘲笑《ちょうしょう》するでもなく、責めるでもなく、これまでと変わらない態度だった。

もしかしたらあの日は何もしていないのかもしれない。そんな期待が湧《わ》き起こってくる。だが、そうなると今度はちゃんと礼をしていないことが気にかかる。

礼を言わないまま失礼な奴だと思われるのも嫌だが、蒸し返すのも怖い。このままなかったことにしてくれるのなら、それに甘えてしまいたかった。

　残業は連日続いていて、この一週間というもの、帰宅は毎日九時を過ぎていた。今日もそうだ。雄生はそれを部下にまでは押しつけない。最後の一人になってから、落ち着いて仕事を片づけた。残業はするが、基本的に休日出勤はしないことにしている。そのための残業でもあった。今週中にしておかなければならない仕事を終わらせたときには、もう十時になっていた。会社全体でも残っている人間はほとんどいない。静かな社内に革靴の音を響かせながら、ビルの外へと足を踏み出した。

「君……」

　ビルを出たところで、行く手を塞ぐように日比野が現れた。

「お疲れさまです。いつもこんなに遅いんですか?」

「そ、そうでもないんだが」

　二人きりで話すのはあの日以来だ。緊張が再び雄生に襲いかかる。

「もう帰ったんじゃ……」

「もちろん帰りましたよ。昼はちょっと偵察に来ただけですから」

「偵察?」

「蓮沼さんがいつも何時くらいに帰られるのか、情報を仕入れてたんです」

悪びれない態度で日比野が答える。昼間の日比野からは、全くそんなふうには感じられなかった。もっとも、雄生が緊張しすぎていたせいで、冷静な判断力が鈍っていたのもあるのだろう。

「少し、付き合ってもらえませんか?」

口元は笑っているのに日比野の目は真剣で、雄生は息を呑む。日比野があの日のことを忘れていないのは明らかだった。そうでなければ、わざわざ誰もいない時間を調べてから出直してきたりはしないだろう。

「何か予定でも?」

「いや、あの、今日は……」

「この間のホテル代、もらいすぎなんで、返させてください」

日比野は断ろうとした雄生を先回りして封じる。

もう覚悟を決めるしかなかった。あの夜のことで、雄生が何かしでかしたのが事実なら、謝るしかない。第二弾のキャンペーンも予定されていて、また顔を合わせることになるだろう。いつまでも逃げ回れるわけではないのだ。それに日比野なら、雄生がゲイだと知っても、誰にも言いふらしたりしないはずだ。

「わかった」

かといってここで立ち話でも済ませられない。ほとんど人が残っていないとはいえ、無人ではない会社から誰が出てくるかしれないのだ。人の耳のある場所でできる話ではなかった。

「俺のマンションでも構わないか？」

「いいんですか？」

プライベート空間に踏み込むことに、日比野は恐縮したように言った。さっきの強引さとは裏腹な態度だ。

雄生は黙って頷く。こんな話をする適当な場所が他に思いつかなかった。それに自分の部屋ならどんなに情けない顔になっても大丈夫だ。

雄生はここから電車で二十分のところにマンションを借りている。通勤と同じように電車を使ってもよかったのだが、極力人目を避けたくて、タクシーを使った。

車に乗り込み、行き先を告げてから雄生は口を閉ざす。何を話せばいいのかわからなかった。雄生のいたたまれない心情に気づいたのか、日比野は率先して運転手と話し始めた。ちょうどカーラジオから流れていた野球中継の話題だ。会話を途切れさせることなく、楽しげに話す二人を尻目に、加われない雄生は目を閉じて眠ったふりをする。

ひどく長く感じた時間はやがて終わる。二人きりになるくらいなら、まだ気詰まりでも運転手がいたほうがよかったと思ったのは、マンションに着き、部屋のドアを閉めて、完全に第三者の目がなくなってからだ。

「いい部屋ですね」

日比野が話しかける相手は雄生しかいない。

「休みは自宅で過ごすことが多いから、居心地のいい部屋にしようと思って……」

当たり障りのない答えを返したつもりだった。

「それじゃ、先週の土曜日もこの部屋にいらしたんですか?」

徐々に核心に近づいてくる。雄生は今度は何も言葉を返せず、黙ったまま先にリビングへと移動した。日比野もそれ以上の追及はせず、無言で後をついてくる。

雄生は背中を向けたまま、

「とりあえずここにでも座っていてくれないか。何か飲み物でも持ってこよう」

「それより」

日比野が雄生の提案を遮った。

「先にこの間のホテル代を返させてください。落ち着かないから」

日比野の手が雄生の腰の辺りにのびてくる。そこから一万円札が覗いていた。ここまでされては振り返らないわけにはいかない。

「ホテル代は受け取れない。俺が君に迷惑をかけたんだ」

雄生は沈痛な面持ちでその手を押し返そうとする。日比野が雄生を送ってくれた事情はわかっていた。それだけでも謝罪するに充分だ。

「でも、俺も朝まで寝てたわけですから」

日比野はあくまでも札を納めようとしない。それが金では片を付けないと責められているような気がする。

日比野は強引に雄生の手に一枚の一万円札を握らせると、ようやく少しだけ笑顔を見せた。

「これで貸し借りはなしです」

「貸し借りだなんて……」

そんなことを言い出せば、迷惑をかけた雄生は、何も日比野に借りを返せていないことになる。

「どうしてあの朝、あんな置き手紙だけで何も言わずに先に帰ったんですか？　仕事があったわけじゃ、なかったですよね？」

日比野の表情からまた笑みが消える。

「すまなかった」

「謝ってほしいわけじゃないんです。俺は理由が知りたいだけなんです。どうして俺の目を見られないのか」

「あの日……」

雄生は震える声で切り出す。真実を知らなければ謝罪の言葉も日比野には届かないのだと気づいたからだ。

「あの日、俺は君に何をしたんだろう?」

「そう聞くってことは、あの夜の記憶、ほとんどないんですね?」

雄生はいたたまれない思いで頷く。

「俺がタクシーで送りますって言ったのも?」

「すまない」

親切まで覚えていないのが申し訳なくて、謝るしかない。日比野は呆《あき》れたように笑った。

「タクシーに乗せたはいいけど、蓮沼さん、すぐに吐きそうってことになって、慌てて近くのホテルに入ったんですよ。どうにか部屋まで行った瞬間、抱えてた俺のシャツに、吐いたんです」

日比野はわかりやすく事情を説明してくれた。迷惑をかけられたというのに、怒ったような様子はない。

これで日比野が上半身裸だった理由はわかった。それでもまだ疑問は残る。ツインの部屋だったのに、同じベッドで寝ていたことと、あのキスマークだ。

「でも、どうして記憶もないのに、俺と顔を合わせられないくらいのことをしたと思いこんでたんですか？」

日比野は冷静に雄生の逃げ場をなくしていく。

「そ、それは……」

言い淀《よど》み視線を彷徨《さまよ》わせた雄生は、日比野の胸元に釘付けになる。今日の日比野はポロシャツを着ていて、胸元が深めに開いていた。キスマークは消えてしまったらしく、赤い痕は見つけられない。

視線に気づいたのか、日比野が胸のボタンをさらに深く緩めた。胸の突起まで露《あら》わになり、雄生は視線を逸《そ》らす。

「もう消えましたよ。蓮沼さんがつけたキスマークは」

やはり自分がつけたものだった。だがまだ言い抜けできる。酔った勢いで、誰かと間違えたとでも言えばいい。そう思うのに、喉《のど》が渇いたように引きつり、言葉が出なかった。

日比野の視線が、ふと雄生の後ろへと注がれる。

「あれ、どうしてまだシールが付いてるんですか？」

急に何を言い出すのだと、雄生は日比野の視線を追って振り返る。そこにあったのは、日比野にもらったペンだ。すぐにシールの意味もわかった。何もかももらったままの状態にしておきたくて、バーコードシールさえ剝がさずにおいた。日比野の目の前で使ってみせたときには、そんなシールなどなかった。

退路は完全に断たれ、言い逃れる隙《すき》はどこにも見つからない。雄生は絶望的な思いで覚悟を決めた。

「君にもらったものは使えなかった」

「どうして？」

「……君が好きだからだ」

雄生は自嘲《じちょう》した笑みを浮かべて告白した。情けないことに、声が震えている。

「だから、酔った勢いで何かしてしまったんじゃないかと思った。現に、君の肌にキスマークがいくつもあったから……」

「無意識でも何かしたいと思うくらいに、俺を好きなんですね？」

念を押すように問いかけられ、まともに顔を見られず、雄生はうつむいたままで頷くしかなかった。

「あの夜、汚れたシャツを脱いだ瞬間、蓮沼さんは俺をベッドに押し倒してきたんです。キスマークはそのときつけられました。そういう意味で、俺のことを好きなんですか？」

雄生はああと頷き、気持ちを認めてから、

「好きだった君の裸を見て、理性をなくしたんだと思う。記憶がないのは言い訳にならない。本当に申し訳ないことをした」

決死の思いで好きだとは告白できても、自分のような男が抱かれたいとは言えない。日比野の言う、そういう意味の答えになっていなくても、そこだけは最後までごまかしておきたかった。けれど、日比野はその答えでは納得しない。

「俺を抱こうとして押し倒したんですか？」

執拗《しつよう》なまでに日比野は追及してくる。本当のことを言えば、日比野はどんな顔をするのだろうか。

「それは違う」

雄生は力なく首を横に振った。

「君を抱きたいと思ったことは一度もない」

「なら、俺に抱かれることを想像したりしました？」

一度見ただけの日比野の体を思い浮かべる。今もまだはっきりと脳裏に焼き付いている。あのたくましい体に抱きしめられたらどんな気持ちになるだろうと、想像したことがないとは言えない。そればかりか、申し訳ないと思いながらも何度も夢想した。

笑われることを覚悟して、雄生はそうだと頷いた。

「そうだったんですか」

日比野の声には笑いが含まれていた。だが、恐れていたような嘲笑ではなく、むしろホッとしたような安堵の笑いに聞こえ、雄生は顔を上げる。

「その言葉を待ってたんです」

日比野が優しく微笑《ほほえ》みかけてくる。

「待ってた？」

言葉の意味が理解できず、雄生は言葉を繰り返すしかできない。

「蓮沼さんが俺のことを好きなのは知ってました」

「な、何を言って……」

とても信じられることではなかった。もし、知っていたのなら、あんなに普通に接することなどできないはずだ。

「前に、モテるだろうって言われたじゃないですか。実際ね、女に不自由したことがないくらい、告白されることは多いんですけど、蓮沼さん、その子たちが俺を見るときと同じ目をしてました」

　顔に火がついたように熱くなった。三十過ぎた男が、そんなみっともない顔をしていたのかと思うと、今までのことが全て恥ずかしくなる。

「不愉快な思いをさせて悪かった」

「どうしてそうなるんですか？　俺、気持ち悪いなんて一言でも言いました？」

　日比野は少し怒ったように言った。

「そんなこと思ってるんなら、ホテルで二人きりになったりしませんよ」

「それは君が優しいから、酔った俺を放っておけなかったんだろう」

「そもそも、それが間違いなんです。俺は誰にでも親切な男じゃありません」

「でも……」

　雄生は納得できず、反論の言葉を探す。雄生の知っている日比野は、常に細やかな気配りを見せ、そんなところも女子社員たちに人気だったのだ。

「取引先の人間に、つっけんどんな態度なんて取れませんよ」

「それじゃ、俺だってそうじゃないか」

「プライベートな時間も会ってるのに？」

　指摘されて気づいた。初めて社外で会ったとき、日比野はわざわざ自分から声をかけてきた。取引先の人間だから愛想よく振る舞っていたのなら、仕事の場を離れてまで会いたくないだろうし、何度も食事を誘ってきたりもしないはずだ。

さっきから日比野は期待させるようなことばかり言っている。けれど、ノンケの日比野が好意を寄せてくれるなど考えられない。

「蓮沼さんって、意外性の塊なんですよね」

「俺が？」

「仕事ができる大人の男の雰囲気なのに、俺の言葉や態度に過剰に反応して」

「それは君が好きだから」

また告白をしてしまったことに気づき、雄生はまた顔を赤らめる。

「ほら、それですよ。今時、女子中学生だって、そんなかわいい反応しませんよ」

決して馬鹿にしてではない、優しい笑みが雄生にまた期待を持たせる。

「だから、ずっと気になってたんですけど、もし、俺を抱きたいとか思ってるんだったら、応えられないから」

「それは当然だ」

「でも、逆だったらって、考えたんです。もし、俺が蓮沼さんを抱くとしたら」

日比野の視線がまっすぐに雄生を捕らえる。

「想像だけで興奮して、それだけでイケました」

照れくさそうに衝撃の告白をする日比野に、雄生は驚きを隠せなかった。こんな自分でも日比野を興奮させることができるのが信じられなかった。

だが、いくら想像できたとはいえ、実際に男とセックスするのはまた別の話だ。同じものが付いている体に興奮するのか。いざというときになって、萎《な》えられたり、嫌悪の表情を見せられたら立ち直れない。

「そんなことを言ったところで、実際に男を抱いたことなんてないんだろう？」

今ならまだ引き返せる。自分のことなら大丈夫だと雄生は言葉に思いを込めた。

「それなら、教えてくれませんか、男の抱き方を」

日比野の顔に急に男の色気が漂う。気が変わるどころか、さらに雄生との距離を詰めてくる。

「き、君、彼女がいたんじゃ……」

雄生は後ずさりながらも、日比野を思いとどまらせる言葉を探した。いつか女子社員たちがしていた噂話を思い出す。

「いませんよ。そういうことにしておいたほうが、何かと便利だから、社内でもいるってことにしてるんです」

日比野は淡々と事情を話す。その気もないのに誘われても迷惑なだけ。仕事関係の相手ならなおさら、断った後の付き合いが面倒になるからと、最初から予防線を張っているのだと言う。

それくらい、モテているということだった。

「俺に彼女がいないってわかったら、もう問題はありませんよね？　俺はあなたを抱きたい」

ストレートな誘い文句も初めてなら、抱きたいなどと言われたのも初めてだ。気の迷いでも、ただの好奇心でもいい。せっかく差し伸べられた手を拒むことなど雄生にはできなかった。

「わかった」

精一杯強がって答えたものの、微かに声が震える。リビングのこんな明るい照明の下では、動揺を全て見透かされる。

「ここじゃなんだから」

雄生は先に歩き出し、ベッドへと日比野を誘った。

１ＬＤＫのマンション、ゆっくりと休めるようにと寝室にはダブルベッドが置いてある。直接照明を取り外し、間接照明だけにしているから、表情をくまなく見られることだけは防げる。

「落ち着けそうな寝室ですね」

耳元で声が響いた。誘われるままに雄生についてきた日比野が、寝室の戸口に立ちつくす雄生の真後ろに立っていたのだ。

「俺はどうすればいいですか？」

振り返ると困ったような笑みを浮かべる日比野の顔がすぐそばにあった。男との経験がないのだから、困惑して当然だ。

「俺に任せておけばいい」

抱かれたこともないのに、雄生はそう言って先にベッドへと近づく。雄生のほうが歳上だし、それに自分から誘ったようなものだ。だから、リードするのは雄生の役目だ。

まだスーツのままだった。とりあえずネクタイを外し、上着を脱ぐ。背中に痛いくらいの日比野の視線を感じるが、なんでもない振りを装い、ベルトに手を掛けた。

もし、男に抱かれるのが初めてだと知られれば、きっと面倒がって手を出してこないだろう。

雄生はスラックスに靴下、それに下着も脱ぎ捨てたが、シャツだけはそのままにしておいた。こんなに恥ずかしいと思っているのに、既に雄生の中心は興奮して熱くなっている。それを気づかれたくなかった。そんなに飢えているのかと思われるのが嫌だった。

シャツ一枚になり、改めて日比野をベッドに誘うために振り返った雄生は、息を呑み、目を見開く。

日比野は何一つ身につけず、全てをさらして立っていた。

「だって、必要ないですよね？」

男とのやり方は知らなくても、抱き合うことに男も女も変わりない。日比野はためらいもなく、全身を雄生に見せつけた。

目が離せなくなる。日比野の中心は僅《わず》かに力を持ち、形を変え始めていたのだ。

「俺がその気になってるとおかしいですか?」

視線に気づいた日比野の問いかけに、雄生は何度も首を横に振った。声を出せば泣き声になってしまいそうで、言葉にできなかった。それくらい、嬉しかった。

雄生はベッド脇《わき》のチェストの引き出しを開けた。中にはローションとコンドームが入っている。コンドームはかつての恋人のために買った物が残っていて、ローションは最近になって自分のために購入したものだった。

それらを手にベッドに上がると、遅れて日比野もベッドに膝《ひざ》をつく。

「俺も上がっていいですよね?」

「あ、ああ」

ベッドは二人分の重みを受け少し軋《きし》んだ音を立てる。

「君はそのままでいいから……」

雄生は瞳を伏せたまま、消え入りそうな声で言った。

日比野を受け入れるためにはどうすればいいのか。雄生の目は手の中のローションに注がれる。

自慰をするときに指を入れたことはあっても、それ以上のものを受け入れたことはない。だが、逆の立場では何度か経験があるのだから、そのときのようにすればいいのだ。自分にそう言い聞かせ、ローションを右の手のひらに垂らす。

膝立ちになり、そっと後ろに手を回す。

時間をかければ、その間に日比野の気が変わるかもしれない。だから急がなければと、強引に指をねじ込んだ。

「うっ……」

久しぶりの圧迫感に、雄生は顔を歪《ゆが》めた。

自分でするときでも後ろを使うことは滅多にない。誰も見ていなくても恥ずかしくて勇気が出ないのに、今は日比野に見られているのだ。焼け付くような羞恥《しゅうち》で顔を上げられなかった。

それでも日比野の視線だけは感じる。

「くっ……ぁ……」

少しでも早くと気が焦り、馴染《なじ》まないそこに二本目の指を差し入れる。苦しいのに体が熱くなる。全て日比野に見られているせいだ。

「後ろって、そんなにいいんですか？」

熱い響きを含んだ声に問いかけられ、つい反射的に顔を上げてしまった。声に見合った熱い瞳の日比野と視線が絡み合う。

「もう、こんなになってますよ」

日比野が視線を下に落とした。

そこにはシャツを押し上げ染みを作る、淫《みだ》らな雄生の屹立《きつりつ》があった。後ろで感じているのではない。日比野がそこにいるだけで、その先の行為を期待して、体が先走るのだ。

「見ないでくれ……」

雄生は震える声で訴えた。今更と言われようが、日比野にみっともない姿を晒《さら》すのは耐え難い。

「どうして? 俺は見たいです」

その言葉を証明するように、日比野はシャツの裾を摑《つか》んで捲《まく》り上げた。完全に勃《た》ち上がった中心が日比野の視線に囚われる。

「触っていいですか?」

「君はそんなこと……」

しなくていいと言おうとしたのに、それより先に指が触れた。

「はぁ……」

微かに漏れた息は甘さを含んでいた。誰かに触れられるのは、ずいぶんと久しぶりになる。

それが焦がれていた日比野の手となれば、感じすぎるのも仕方がないことだった。

「感じやすいんですね」

日比野はクスッと笑いつつも、手の動きを止めない。刺激するためというよりは、形を確かめるかのように、柔らかいタッチで屹立をなぞっていく。

「もう……いいから、俺よりも君を……」

「してくれるんですか？」

驚いたように問いかける日比野に嫌がっている様子はない。むしろ期待が込められていると感じた。

雄生は後ろに指を入れたままで体を屈める。引き抜いたほうが楽に動けるのにそうしなかったのは、早く解しておきたいと焦る気持ちのせいだった。

さっきよりもまたさらに大きくなった日比野の中心に左手を添え、口を近づけた。

他人のものを口で愛撫《あいぶ》するのは初めてではない。だが、過去のどのときよりも、一番、興奮していた。

味見をするように舌で舐《な》め回した後は、唇を大きく開き、呑み込んでいく。喉の奥まで引き入れても全部を収めることは無理だった。頭を動かし、唇で扱《しご》く。徐々に育っていくのが嬉しくて、雄生は動きを激しくした。

「蓮沼さん、今、自分がどんなにいやらしい格好をしてるか、わかってます？　俺のものをしやぶりながら、後ろに指を突っ込んで」

雄生は言うなと小さく首を横に振る。激しく動かせないのは、口の中に日比野がいるからだ。どれだけみっともない姿を晒しているかは、言われなくてもわかっている。ここまでしてでも日比野が欲しいのだと、浅ましい欲望まで見せつけているようなものだ。

「あんまり気持ちよすぎて、もうやばいんですけど」

雄生の髪に指を絡ませ、日比野が訴えかけてくる。それならこのまま出してもいいと口はそのままに雄生は上目遣いで見上げる。

「それよりも、こっちで」

日比野の手が、後孔を解している雄生の右手に被《かぶ》さった。

「イカせてくれませんか？」

雄生は口中から日比野を引き抜き、応えるように顔を上げた。その顔に日比野が顔を近づけてくる。

日比野との初めてのキスは、最初は軽く互いの唇を啄《ついば》み、次はどちらからともなく唇を開き、舌を絡め合う激しいものへと変わる。キスだけで達してしまいそうだった。

「ちょっと苦いのって、俺の精液の味ですよね？」

顔を離してから、日比野が舌を出して感想を口にする。それは雄生も感じていた。だが、日比野のものだと思えば苦みすら愛《いと》おしかった。

「今度はフェラをしてもらう前にキスしないと」

独り言のような日比野の呟きが、次の約束のように聞こえて、泣きそうなくらい嬉しくなる。

雄生は日比野の肩を押し、ソファに寝かせると、腰に跨《また》がった。

日比野の屹立は充分な硬度を持っている。雄生は自分が抱く側だったときを思い出し、慎重に後孔に押し当てた。

「くっ……はぁ……」

ゆっくりと腰を落とすと、初めて感じる本物の熱さが中に押し入ってくる。それに押されるように声が漏れた。

「すごい……」

興奮した声が雄生の耳に届く。

「これだけでイッちゃいそうです」

言葉どおり、日比野の中心は萎えることなく、雄生の中で熱く脈打っている。こんな体を少しでも日比野が気に入ってくれたのなら、これ以上嬉しいことはない。

「動いてもいいですか？」

女性相手ならこんなことを尋ねないはずだ。男を相手にするのが初めてだから、どうすればいいのかわからないのだろう。正直に言うなら、まだ日比野の大きさに体が馴染んでいない。今の状況で動かれると苦しいのがわかっていても、拒めなかった。

「君の好きに……」

そう答えた瞬間、中にいる日比野がまた大きくなった。

「いつもそうやって煽《あお》ってるんですか？」

「煽る……？」

問いかけに言葉での答えは与えられず、代わりに両手で腰を掴まれ、引き上げられた。

「あっ……あぁ……」

急激な動きに引きずられ、声が溢《あふ》れる。中を擦《こす》られ、鳥肌が立つ。擦り上げられるだけでこんなに感じることも知らなかった。

日比野が腰を掴んでは引き落とす動きを繰り返す。それに合わせ、知らず知らず、雄生も自ら腰を浮かせていた。もっと快感を得たくて、日比野の動きを助けるように動き始める。

「やっ……あ……そこっ……」

日比野の屹立に前立腺を擦られ、雄生はたまらず訴えた。

「ここですか」

日比野は訴えを聞き入れ、同じ場所を突き上げる。雄生の屹立から溢れた先走りが伝い落ち、

POSTCARD

50円切手を
貼ってね!

105-8055

東京都港区芝大門2−2−1
㈱徳間書店
Charaキャラ文庫 愛読者 係

徳間書店Charaレーベルをお買い上げいただき、ありがとうございました。このアンケートにお答えいただいた方から抽選で、Chara特製オリジナル図書カードをプレゼントいたします。締切は2008年8月29日(当日消印有効)です。ふるってご応募下さい。なお、当選者の発表は発送をもってかえさせていただきます。

ご購入書籍タイトル
《いつも購入している小説誌をお教え下さい。》 ①小説Chara ②小説アクア ③小説Wings ④小説ショコラ ⑤小説Dear+ ⑥小説花丸 ⑦小説b-Boy ⑧小説リンクス ⑨その他( )

住所 〒□□□-□□□□ 都道府県		
フリガナ 氏名	年齢 歳	女・男
職業 ①小学生 ②中学生 ③高校生 ④大学生 ⑤専門学校生 ⑥会社員 ⑦公務員 ⑧主婦 ⑨アルバイト ⑩その他( )		

※このハガキのアンケートは今後の企画の参考にさせていただきます。ご記入いただいた個人情報は当選した賞品の発送以外では利用しません。

Chara キャラ文庫 愛読者アンケート

◆この本を最初に何でお知りになりましたか。
①書店で見て　②雑誌広告(誌名　　　　　　　　　　)
③紹介記事(誌名　　　　　　　　　　)
④Charaのホームページで　⑤Charaのメールマガジンで
⑥その他(　　　　　　　　　　)

◆この本をお買いになった理由をお教え下さい。
①著者のファンだった　②イラストレーターのファンだった　③タイトルを見て
④カバー・装丁を見て　⑤雑誌掲載時から好きだった　⑥内容紹介を見て
⑦帯を見て　⑧広告を見て　⑨前巻が面白かったから　⑩インターネットを見て
⑪全員サービスで　⑫その他(　　　　　　　　　　)

◆あなたが必ず買うと決めている小説家は誰ですか？
[　　　　　　　　　　]

◆あなたがお好きなイラストレーター、マンガ家をお教え下さい。
[　　　　　　　　　　]

◆キャラ文庫で今後読みたいジャンルをお教え下さい。
[　　　　　　　　　　]

◆カバー・装丁の感想をお教え下さい。
①良かった　②普通　③あまり良くなかった
理由[　　　　　　　　　　]

◆この本をお読みになってのご意見、ご感想をお聞かせ下さい。
①良かった　②普通　③あまり面白くなかった
理由[　　　　　　　　　　]

ご協力ありがとうございました。

二人の繋ぎ目を濡《ぬ》らす。

「も……もう……」

目がチカチカしてきた。限界が近づいている。後ろへの刺激だけでここまでになるのは初めてだった。それだけでは達したことはないから、達し方がわからない。雄生は自らに手を伸ばし、解放を促した。

「ああっ……」

雄生は我慢できずに先に達してしまった。

「すみません、もう少し……」

日比野はまだだったが、それほど余裕はなかったようだ。力の抜けた体に数度打ち付け、中に放った。

日比野が雄生の腰を持ち上げ、慎重に自身を引き抜くと、ベッドに横たえさせてくれた。

「大丈夫ですか？」

日比野の問いかけにもかろうじて頷くだけしかできなかった。視界がかすんでいるのは、知らないうちに泣いていたからしい。感じすぎて涙を溢れさせたことなど、これまでに一度もない。

「蓮沼さん、やっぱり抱かれたこと、なかったんですね」

「ど、どうして……」

動揺するあまり、否定の言葉は出なかった。初めてにしては上手《うま》くできたはずだ。日比野は男としたことがないのだから、ばれるはずがないと思っていた。

「俺、ゲイではないんですけど、実は男と寝たことがあります」

そう言って日比野は気恥ずかしそうに笑った。

「学生のときですけど、ゲイの友達と飲んでて、寝てる間に上に乗っかられてたんです」

「……それで、どうなったんだ？」

続きを聞くのが怖かったが、聞かずにはいられず、先を促す。

「フェラして俺のを勃たせると、そいつは自分の尻《しり》にあてがったんです。驚いたってのよりも、あんまり気持ちよすぎて、結局、朝までやりっぱなしでした」

あけすけな言い方が、これまでの日比野のイメージとは違うが、爽やかな笑顔で言われると、あまり下品にも聞こえない。

「そのときにいろいろと教えてもらってたんですよ、男の抱き方を。だから、蓮沼さんが経験がないってことはすぐにわかったんですけど」

「どうして言ってくれなかった？　俺をからかってたのか？」

「まさか」

日比野が慌てて否定する。

「蓮沼さんの反応にあまりにもそそられたんで、もったいなくて言えなかったんです。経験がないのに、俺をその気にさせようって頑張ってる姿がいじらしくかわいくて」

「か、かわいい？」

驚いて問い返す声が上擦った。到底自分に言われるとは思わなかった言葉だ。

「俺が知ってる誰よりもかわいいです。それについ意地悪をしたくなるくらい、色気がありま す」

「本当に？」

どうしても信じられず、疑いの目で日比野を見つめる。

「確かめてみますか？」

日比野が雄生の手を取って、中心へと導いた。達したばかりのはずが、既にまた力を持ち始めている。

「蓮沼さんが隣にいるだけで、これですよ」

日比野は次に体勢を変え、雄生に覆い被さってくる。

「今度はゴムつけてしますか？　せっかく用意してくれてたのに、焦ってたから忘れちゃって」

「い、いい……」

今度も何も、初体験の衝撃からまだ復帰できていないのに、すぐにまたでは体がもたない。そう答えたつもりだった。

「ナマが好きなんだ」

日比野は雄生の返事を誤解した。いや、誤解した振りなのは、口元に浮かぶいやらしい笑みでわかる。知らなかった日比野の一面だ。爽やかな男だとばかり思いこんでいた。けれど、これくらいいやらしく強引に迫ってくれたからこそ、雄生は抱かれることができたのだ。

「これ、邪魔ですね」

日比野が雄生のシャツに目を留めた。捲り上げられはしたが、まだ身につけたままだ。シャツのボタンが外される間も、雄生は抗《あらが》わなかった。

「今度は俺の好きにしますから」

そう言うなり、日比野が胸元に手を伸ばす。

「ふぅ……んっ……」

尖《とが》りを指先が掠《かす》め、雄生の口から甘えるような息が漏れた。胸を愛撫されるのも初めてだった。

「ここを弄《いじ》くられるのって初めてですか?」

手を止めてくれないから腰が揺れ、喘《あえ》ぎしか出なさそうで、雄生は黙って小さく頷く。

「本当に何もかも俺が初めてなんですね。それは頑張らないと」

日比野はニッと笑った。今までも充分に頑張ってくれたのにという言葉は、呑み込まれる。

日比野が雄生の胸元に顔を伏せ、胸の尖りに舌を這《は》わせたのだ。

自慰するときに自分で触ってみたことはある。いつか誰かにそうされる日が来るだろうかと夢見ながらだ。だが、自分の手には何も感じなかった。

「腫《は》れるほど舐めてもいいですか？」

「す、好きに……」

恥ずかしいけれど、気持ちいい。日比野がそうしたいなら、雄生に止める理由はなかった。

舌で舐め回され、歯で甘噛《あまが》みされ、さらにはきつく吸われて、じんじんとした痺《しび》れが全身を駆け抜ける。ただの飾りでしかなかった胸は、完全に性感帯へと変えられた。

「はぁ……んっ……」

日比野が後ろへと指を突き刺した。身構えていない隙を狙《ねら》ったのだろう。既に一度受け入れていただけに、そこは柔らかく日比野の指を包み込む。

「俺のが残ってますね」

中を探る指の動きに合わせて、グチュグチュといやらしい音が耳を襲う。雄生の中心はとっくに硬さを取り戻し、指の動きに合わせて震えていた。

「ひ、日比野く……」

指では物足りない。一度しか経験がないくせに、もう体が求めていた。

「どうして欲しいですか?」

日比野は中を掻《か》き回しながら、雄生の顔を見つめる。

「君が……欲しい」

雄生は思い切って気持ちを打ち明ける。ここまで何もかも晒しているのに、今更、浅ましく求める姿を見られたからどうだというのだ。

「だったら、今度は顔を見せてください。さっきはずっとうつむいてましたよね?」

「それはでも……」

三十男が快感に悶《もだ》える姿などみっともないだけだ。きっと日比野にも呆《あき》れられてしまう。だから見せたくなかったのだ。

「いいですよ、それじゃ、隠せないようにするだけです」

日比野は雄生の両膝を持ち、大きく左右に押し開いた。そして、その間に体を進めてくる。何をするつもりだと見つめる先に、硬く張りつめた日比野の屹立があった。それが後孔にグッと押しつけられた。

「くっ……ぅん……」

押し入ってくる感覚にくぐもった声が漏れたが、痛みはなかった。

「今度はさっきよりもゆっくりと味わいたいんで」

日比野はそう言うと、雄生の両手を掴み、シーツへと縫い止めた。

「な、何……？」

両手の自由を奪われ、雄生は戸惑う。

「自分でできないようにしておきます」

「そんな……」

さっきの快感が蘇《よみがえ》る。味わったことのない強烈な快感だった。あんなものが長引けば、自分がどうなってしまうのかわからない。それが怖かった。

雄生のためらいを無視して、日比野が腰を使い始める。

「あ……あぁ……」

揺さぶられるたび嬌声《きょうせい》が漏れる。突かれては喘ぎ、擦られては泣かされる。

途中からは何を口走っているのかわからなかった。淫らな言葉を言うように強要された気もするが、理性など欠片《かけら》もなくなっていたし、乞《こ》われるままなんでも口にした。

「ああっ……」

最後にひときわ大きく突かれ、雄生は気を飛ばしながら達した。おそらくほんの数分、意識をなくしていたのだろう。

理性を取り戻したのは、顔に冷たいものが押し当てられたときだった。

「飲みます？」

日比野が雄生の顔を覗き込んでいる。その手にはミネラルウォーターのペットボトルがあった。

「勝手にもらいました」

「俺も……」

喉が涸《か》れ、声が掠れて上手く出なかったが、日比野には通じた。口移しに水で喉を潤してくれる。おかげで喉も落ち着き、冷静さも少し戻ってきた。それでも体を起こす気になれない雄生の隣に、日比野がまた横になる。

「蓮沼さんって、ゲイのハッテン場とか行ったことないでしょう？」

「どうしてわかるんだ？」

雄生は驚いて尋ねた。抱かれたことがないだけで、ゲイだとは打ち明けているのだ。決めつけられる理由がわからなかった。

「自分では気づいてないみたいですけど、蓮沼さんみたいなタイプはモテるんですよ。日常生活では出会う機会がなかっただけで、その手の店に行けば、いくらでも抱きたいと言う男が現れたはずです」

「まさか」

「本当です。ゲイの友達が多い俺が言うんですから」

自分では信じられない話なのだが、日比野は自信たっぷりに断言する。

「これからも行かないでくださいね」

「……君がそう言うなら」

今までだって行こうとはしなかったのだ。日比野さえ自分を求めてくれるなら、そんな場所は必要ない。

「心身ともに俺が充分に満足させますから」

「心身とも？」

雄生は不穏な響きを感じて問い返す。

「俺は蓮沼さんが思っている以上にスケベですよ」

「それはなんとなくわかった」

雄生はうっすらと頬《ほお》を赤らめ、日比野の言葉を肯定した。予想外に激しい行為だったし、予想以上のこともされた。日比野の爽やかな外見を裏切る行為だった。

「なんとなくでしょう？　まだまだ手加減してますから」

「あれで手加減してたのか？」

「そうですよ。だから、覚悟してください」

「あ、ああ。頑張ってみる」

「ホント、かわいい人ですね」

たまらないとばかりに日比野がきつく抱きしめてきた。雄生は裸の日比野の胸に顔を押しつける。

自分よりも少し小さな男に抱きしめられる感触は心地よく、ようやく叶えられた長年の夢に、雄生は幸せを噛み締めた。

好きにしかなれない

待ち合わせ場所に着いたのは蓮沼雄生《はすぬまゆうせい》のほうが先だった。駅前ではなく、近くの書店を指定したのは雄生だ。

九月も中旬になったというのに、まだ残暑が厳しく、それなら涼しい場所のほうがいい。仕事上、出て回ることも多い雄生はこの暑さも我慢できるが、相手は事務所に籠《こ》もっていることが多く、体調を崩すようなことがあってはいけないと考えたからだ。

雄生は会社を出たときから、スーツの上着は脱いで手にかけていたものの、駅からここまで歩いただけで既に汗ばんでいた。やはり外での待ち合わせにしなくて正解だった。

それほど大きくない書店だ。どこにいても見落とす恐れもない。雄生は店内を一周し、まだ来ていないことを確認してから、雑誌コーナーで足を止めた。定期的に購読してる雑誌はないのだが、時折、仕事のために今の流行《はや》りを知ろうと目に付いたものを買うことはあった。

平積みされたファッション雑誌の表紙は、秋を通り越し、冬の装いに変わりつつある。今の暑さとのギャップに戸惑いを覚えつつ、そのうちの一冊を手に取った。

三十二歳の雄生には、なかなか真似《まね》できないファッションが並ぶページを捲《めく》っていく。雄生が主に意識して見るのは小物だ。バッグや時計だけでなく、アクセサリーに至るまで、今の流行、これから流行りそうなものをチェックする。

雄生は大手菓子メーカー『サンセイ』に勤務し、営業部販売促進課主任という肩書きを持つ。より売り上げを伸ばすために、味ではなく戦略を考え、販促グッズやＣＭのプランなどを担当している。

周囲からは出世街道まっしぐらのエリートだと噂されているが、雄生自身はそれほど出世には興味はなかった。ただ納得のいく仕事ができればいいと思っていた。

「すみません。お待たせしました」

不意に爽《さわ》やかな声が雄生の耳に飛び込んできた。聞き間違いようのない声は、自分にかけられたものだ。

「いや、俺もさっき来たばかりだよ」

雄生は即座に振り返り、心配した顔の日比野薫《ひびのかおる》に、だから大丈夫だと答える。実際、五分と待っていないのだから嘘ではない。

「それならよかった」

吸い込まれるような笑顔を浮かべ、日比野はホッとしたような安堵《あんど》の声を漏らす。

いつ会っても日比野には涼しげな印象を受ける。外の蒸し暑さを感じさせないのは、何もスーツを着ていないからというだけではないはずだ。事務所で作業をすることが多い日比野は、クライアントと打ち合わせでもない限り、スーツは着ないと言う。今日もずっと事務所にいたのか、ジーンズにTシャツとラフな姿だった。

「またリサーチですか？」

日比野が雄生の手元を覗《のぞ》き込み問いかけてくる。

「意識的に見るようにしないと、流行りについていけないいんだよ」

「普段から努力されてるんですね」

「君だってそうだろう？」

褒められたようで気恥ずかしくて、雄生はそう問い返す。

「俺は少女漫画を見たりとかもしますよ。あと、女子高生のブログとか」

「それはすごいな」

雄生は素直に感心する。才能だけでなく、その勉強熱心も、日比野の生み出す数々のキャラクターが好まれる理由になっているのだろう。

日比野の職業はキャラクターデザイナーで、二十七歳という若さにして、指名を受けるほどの、人気のデザイナーだ。雄生もまた日比野を指名して、仕事を依頼したうちの一人だった。

「それ、買うんですか？」

いつまでも雑誌を離さない雄生に、日比野が尋ねてくる。

「ああ。ちょっと待っててもらえるかな?」

「どうぞどうぞ。俺もそこで本を見てますから」

日比野はそう言い置いて、すぐに新刊書籍のコーナーへと移動していった。雄生はその後ろ姿を見送り、レジへと急ぐ。

日比野が本当に見たい本があるのかどうかは疑問だ。もしかしたら、日比野を待たせてはいけないと雄生が精算を慌てないよう気遣ってくれているのかも知れない。それくらいの気遣いができる男だ。

五ヵ月前、初めて日比野と出会い、それから、付き合い始めるようになるまでは一ヵ月弱。つまり、恋人同士になってもう四ヵ月になるというのに、会うたびに日比野のいいところを見つけてしまい、知れば知るほどますます好きになる。

女性にももてる日比野が、自分に振り向いてくれる可能性などゼロだと思っていた。それなのに、まだこうして付き合いが続いていることが奇跡のようだ。

雄生は手早く精算を済ませ、雑誌をブリーフケースにしまいながら日比野の元へと急ぐ。

「待たせたね」

雄生がそう言って日比野の隣に立つと、日比野がクスリと笑う。

「どうかしたのかい?」

「俺たち、同じ会話を繰り返してます」

「そう言えばそうか」

数分前にもした会話を思い出し、雄生も口元を緩める。

「行きましょうか」

促したのは日比野だった。そもそも本を買うために書店に入ったのではなく、待ち合わせをするために過ぎない。日比野とは久しぶりに外で食事をしようと約束していたのだ。

「今日の店はイタリアンなんですけど、居酒屋っぽいんですよ」

並んで歩きながら、日比野がこれから向かう先の店を説明する。

「珍しいな」

「でしょう？　味もなかなかなんで、絶対に蓮沼さんを連れていこうと決めてたんです」

日比野のどこか得意そうな口調が、自分にはない若さを感じさせる。歳《とし》の差は五つでも、職業によるのか、日比野はいつも若々しい。事務所に籠もっていることが多いというわりには、いろんな情報を持っていて、こうして新しい店を調べだしてきてくれたりもする。

日比野の説明によると、その店は駅から徒歩七分らしく、こうして話しながら歩いていれば、すぐに着く距離だ。

「難点は個室がないってことかな」

「最近は個室になっている店が多いからね」

雄生が相づちを打つと、日比野が苦笑いを浮かべる。

「俺は一般的なブームを言ってるんじゃなくて、二人きりになれないのが残念だって言ったんですけど、気づいてます？」

「あ……」

やっと日比野の真意に気づき、雄生は言葉を詰まらせた。

「やっぱり気づいてなかった。そういうとこ、蓮沼さんってかわいいですよね」

「き、君……」

大胆な日比野の言葉に、雄生は焦って周囲を見回す。

「大丈夫です。誰にも聞こえてませんから」

安心していいと言われても、まだ動悸《どうき》が収まらない。二人の関係を人に知られるという心配より、日比野がこんな自分をかわいいと言ってくれることにまだ慣れないのだ。

並んで歩くと、自分のほうが背が高いことを思い知らされる。たった二センチだが、革靴の踵《かかと》の分だけ、スニーカーの日比野よりもさらに高く見える。おまけに顔つきも体つきも、どう見ても雄生のほうが男らしいのだ。

それは長い間、雄生のコンプレックスだった。他人からは羨《うらや》ましがられたり、憧《あこが》れられたりすることも多かったが、雄生はこんな容姿を望んではいなかった。本当はもっと同性から愛される容姿になりたかった。

けれど、日比野はこんな自分を好きだと、かわいいと言ってくれる。雄生はそっと隣を歩く日比野を盗み見る。

まともに目が合った。雄生はカッと体が熱くなるのを感じる。日比野の澄んだ視線には、雄生の心境など何もかも見透かされているような気がするのだ。

「蓮沼さんは仕事が終わっても、そのままなんですね」

「そのままって？」

「ネクタイをきちんと上まで締めたままだから、暑くないですか？」

日比野の視線が雄生の首元に注がれる。確かに周りを歩くサラリーマンを見れば、少しでも空気を取り込もうとでもいうように、ネクタイを緩め、襟元のボタンを外している人が多かった。

「中途半端にするのは、なんだか落ち着かないんだよ」

そういうところに融通の利かない性格が表れているような気がして、雄生は苦笑して答える。

「らしいですけど……」

日比野は周囲を見回し、声を潜める。

「そそられて困っちゃいますね」

悪戯《いたずら》っぽく笑う日比野に、雄生は顔まで熱くなる。今が夜でよかった。いい歳の男が頬を赤らめているのに気づかれずに済む。

「あ、ここです」

日比野はもう何事もなかったかのように、一軒の店の前で足を止めた。

「外観もいいでしょう？」

「確かに、これなら俺たちのようなサラリーマンでも入りやすい」

日比野の得意げな問いに、雄生も素直に同意した。

イタリアンだというから洒落《しゃれ》た店を想像していた。だが、外から見る限り、イタリアの下町のレストランといった風情《ふぜい》だ。野暮《やぼ》ったくはないのだが、洒落すぎてもいない。

日比野が店のドアを開けると、音楽と笑い声が聞こえてくる。若者が多い居酒屋のような騒々しさではなく、どこか落ち着いた印象を受ける。

「予約していた日比野ですが……」

応対に出てきたウエイトレスに日比野がそう告げると、すぐに席へと案内された。かなり繁盛しているようで、空席はその予約席だけしかなく、日比野はそういうところはぬかりない。

壁際のテーブルに二人は向かい合って座り、まずはビールを注文した。ウエイトレスが立ち

去ってから、

「女性客が多いんだな」

　さりげなく周囲を見回し、雄生は指摘する。二十代、三十代の女性グループの姿が目立ち、男女の組み合わせはあっても、男だけというのは雄生たちだけしかいない。

「今日はそうみたいですね。この間、来たときは会社帰りのサラリーマンもいたんですけど」

　日比野は全く気にした様子もなく答える。これが普通に同僚と来ただけなら、雄生も人の目など意識しないのだが、自分たちは男同士でありながら恋人関係にある。もし、不自然な態度を取ったりして、二人の関係を気づかれやしないかと心配する気持ちが落ち着かなくさせていた。

　雄生は過去にも同性と付き合ったことはあるが、そのときはこんな気持ちにはならなかった。おそらくそれは雄生に余裕があったからだ。日比野を想うほど、過去の恋人たちに気持ちを傾けたことはなかった。

「蓮沼さん、料理は俺が適当に頼んじゃっていいですか？」

「ああ、頼むよ」

　日比野に問いかけられ、雄生は平静を装い答えた。

　日比野は手を上げてウエイトレスを呼び、料理のオーダーを通す。その間に生ビールの入ったジョッキが二つ運ばれてきた。

「それじゃ、お疲れさまでした」

日比野の合図で二人はジョッキを軽くぶつけ、心地よい音を響かせる。外の暑さもあって、雄生と日比野はまずビールで喉《のど》を潤した。

「もうすぐですよね？」

一息ついて落ち着いてから、日比野が問いかけてくる。

「もうすぐ？」

「また蓮沼さんと一緒に仕事ができるのがってことです」

日比野の答えに雄生はああと頷《うなず》く。

二人の出会いは、この九月に発売されたばかりの『サンセイ』の新商品、『ふわふわコーン』のイメージキャラクターを日比野に依頼したことが始まりだった。半年かけて準備をした第一弾の販促グッズは、ネットオークションで高値がつくほどの人気となり、商品自体も久々の大ヒットだと社内は活気づいていた。

「期待されている分、プレッシャーも大きいがね」

雄生は苦笑いを浮かべる。第一弾が好評だったため、第二弾の販促グッズも予定どおり制作を行うことが正式に決定し、そのことは日比野の勧める『ヒガキデザイン事務所』には伝えてあった。

「やりがいがあります」

　日比野は頼もしい言葉を口にする。クライアントとしては心強い限りだ。

「うちでも具体的に動くのは来週からなんだ。君のところに連絡が行くのはその後になると思う」

「楽しみだなぁ」

　純粋に仕事を楽しもうとしている日比野に、雄生は憧れに近い感情を抱く。雄生も仕事にやりがいは感じているが、どうしても忙しさに追われてしまい、ここ数年は結果を出すことしか考えられなくなっていた。

「どうかしました？」

　黙ってしまった雄生に、日比野が首を傾《かし》げてその理由を尋ねてくる。

「いや、俺も君みたいな頃があったなと思い出してたんだ」

「またそんな大人ぶって……。俺とそんなに変わらないじゃないですか」

　年下の若造扱いされたと思ったのか、日比野が拗《す》ねたような顔をした。それがまた一層、雄生にはかわいく映る。

「五歳の差は大きいと思うが……」

「そうですか？　蓮沼さんは若いけどなぁ」

そう言って、日比野は思わせぶりな笑みを浮かべ雄生を見つめる。日比野がこんな顔をするのは、たいてい、二人だけしか知らないときのことを匂わせているのだ。ここで顔を赤くするわけにはいかない。雄生はさりげなさを装い、店内に視線を巡らせた。

そして、気づいた。隣の席にいる三人組の女性が、チラチラとこちらのテーブルを窺《うかが》っていることを。原因は考えるまでもなく、日比野だろう。

日比野はすっかり時の人になっていた。デザイナーとして日比野が考案したキャラクターが、この続けてヒットしたおかげで、日比野自身もマスコミに取り上げられるようになったのだ。このルックスだ。商品だけでなく、本人にもファンがつくようになったらしく、事務所には取材の依頼が頻繁に舞い込んでいるらしい。

だから、隣の女性客たちも日比野の顔に見覚えがあったのだろう。芸能人ではないから、声はかけてこない。けれど、いっそ話しかけられたほうが、ただのミーハー気分の視線だと割り切れた。有名デザイナーでなくても、ただの男としても日比野は魅力的だ。ファンではなく、異性として意識して見られているのではないかと、かえって気になってしまう。

「あ、来た来た」

隣のテーブルなど全く気にした様子もなく、日比野は嬉《うれ》しそうな声を上げた。注文した料理を持ったウエイトレスが近づいてくるのを見つけたからのようだ。

それからしばらくは食事を楽しむことが中心となった。日比野が下調べしたうえで勧めるだけのことはあり、何を食べても美味《おい》しかった。雄生も隣のテーブルのことなど忘れていた。

食事もほとんど終わりに近づいた頃だ。

「あの……」

控えめな声が雄生の耳に届いた。隣のテーブルにいたうちの一人の女性が、日比野のほうに身を乗り出している。

「日比野薫さんですよね?」

意を決したような問いかけに、日比野が正直にそうだと答えると、

「あの、これ、すごく好きなんです」

女性が携帯電話を持ち上げ、ストラップを日比野に示す。それは雄生にとっても馴染《なじ》みの、『ふわふわコーン』の販促グッズだった。

「ありがとうございます」

日比野は爽やかな笑顔を浮かべて応じる。慣れた態度だ。こんなことはもう何度もあるのだろう。

日比野がそう答えてしまうと、女性にもそれ以上の話題を振りようがない。頑張ってくださ

いという応援の言葉を残し、女性たちは店を出て行った。

すっかり食欲が失せてしまった。雄生の手が止まったことに日比野がめざとく気づく。

「夏バテですか?」

「もう充分食べたよ。美味しかった」

「いつもより少ないです」

日比野が探るような視線を向けてくる。まさか見ず知らずの女性に嫉妬《しっと》したからだとは言えず、雄生は曖昧《あいまい》な笑みを浮かべるしかできない。

「確かに、今年の暑さはちょっと厳しかったかな」

「でしょう? でも、食事はちゃんと取ってくださいよ。蓮沼さんは仕事に没頭すると食事を忘れちゃう人だからなあ」

図星を指され、雄生は言葉に詰まる。よく部下の女子社員たちにも怒られているのだが、それを日比野に話した覚えはなかった。

「油断しちゃ駄目です。俺にはスパイがいるんですから」

「スパイ?」

大仰な言葉に雄生は口元を緩めて問い返す。

「松岡《まつおか》さんたちから、それとなく聞き出してるんです。調べようと思えば、蓮沼さんの一週間の昼食メニューだって、調べられますよ」

「参ったな」

どこか得意げな日比野に、雄生は頭を掻《か》く。松岡は日比野に依頼した仕事のとき、雄生のチームの一員だった女子社員だ。気さくで人なつっこいところのある日比野は、すぐに他のメンバーとも親しく世間話をするまでになっていたから、実際、それくらいを聞きだすことなら造作もなくやってのけそうだ。しかも相手には雄生のことを探っているとは知られずに、うまくできるだろう。

「でも、もう終わったんなら、出ましょうか？」

手が止まったのは雄生だけではなかった。一回の食事量は日比野のほうが少ない。だから、日比野はとっくに酒を飲むだけになっていたのだ。

まだ午後十時にもなっていない。金曜の夜だし、二軒目を誘いたいところなのだが、日比野の仕事のこともある。雄生は土日は休みだが、日比野はそうではない。雄生が誘えば応じてくれるだろうが、無理はさせたくなくて、切り出せないまま席を立った。

「蓮沼さん、これから俺んちに来ませんか？」

店を出てすぐ、日比野は雄生を振り返り、雄生が言えなかった誘いの言葉を口にする。

「君の家に……？」

雄生は戸惑いを隠せない。そんな約束はしていなかったし、何より四ヵ月の付き合いになるが、部屋に誘われたのは初めてだった。

互いに忙しく、なかなか休日が合わなかったのもあるが、雄生の部屋のほうが二人の勤務先に近く、外で会う以外はいつも雄生の部屋になっていた。

「外で飲むより落ち着きますから」

答えない雄生を促すように、日比野はさらに言葉を続けた。

「それはそうだが……。君、仕事は?」

「明日は休みです。持ち帰りの仕事もありません」

だからいいでしょうと、日比野が見つめる瞳で訴えてくる。別れがたいと思っていたのは雄生も同じなのだから、断る理由などなかった。

「それじゃ、お邪魔しようかな」

「やった。決まりですね」

日比野は嬉しそうに言うと、すぐさま近くに停まっていたタクシーに目を留めた。

「もうあれで行っちゃいましょう」

まだ電車も充分に走っている時間なのに、日比野は気が急《せ》いているのか、駅に向かわずにそのタクシーへと近づいていく。雄生も慌てて後を追った。

タクシーに乗り込み、日比野が行き先を指示する。

運転手という第三者がいる車内という密室では、何を話せばいいのかわからない。日比野と二人でいるときでも常に恋人同士の会話をしているわけではないのに、無難な会話が思いつかないのは、初めて日比野の部屋を訪れることに、妙な緊張感を持っているからだ。

かといって何も話さないでいるのは、三十分以上かかる道のりでは苦痛だ。行ったことはなくても住所だけは聞いていたから、おおよその場所の見当はついている。渋滞していなければ三十分程度で着けるだろうが、それでも無言でいるのは気詰まりだ。

「この下の地下鉄って、いつ開通予定でしたっけ？」

沈黙を破って日比野が問いかけてくる。やはりこういうときの日比野は頼りになる。その言葉をきっかけに、運転手を交えての世間話が始まった。ほとんど日比野と運転手が話をして、雄生が合間に口を挟む。運転手は二人の関係を疑った様子など欠片《かけら》も見せなかった。

運良く渋滞に摑《つか》まらずに三十分弱で目的の場所近くへとタクシーが到着する。

「そのコンビニの前で停めてください」

日比野が運転手に最後の指示を出した。車が停まり、開いたドアから先に雄生が降りる。日比野は支払いを済ませてから後に続いた。

「何か買い物でもあるのかい？」

夜遅くても照明が明るく周囲を照らすコンビニの前に立ち、雄生は日比野に問いかけた。

「そうじゃなくて、この上に俺の部屋があるんです」

日比野が見上げた先に雄生も視線を移すと、確かにマンションのような同じベランダがいくつも並ぶ上層階が見えた。

「これは便利そうだ」

日々、コンビニを愛用している身として、雄生はしみじみとした感想を漏らす。

「でしょう？　重宝してます」

日比野は得意げに笑い、それから雄生をマンション入り口へと案内した。道に面したところはコンビニの入り口しかなく、マンションに入るには、建物の角を曲がったところにある専用のエントランスを利用するようだ。

「でも、意外だな。君ならもっと洒落たマンションとかに住んでいそうな気がしたんだが……」

雄生の言葉に日比野が苦笑を返してきた。外観だけしか見ていないが、四階建てのありふれた造りで、グレーの外壁にも洒落た雰囲気は一切ない。おまけに築年数も相当、経っていそうだった。

「だから、クライアントには内緒です」

日比野は少年のような笑顔を見せる。

「荷物が多いんですよ。特に資料が多くて、広さと収納力を選んだ結果、俺が出せる家賃ではこうなりました」

建物内部に入ると、エレベーターもなく、外観以上に古いのではないかと思わせた。だが、その代わり広さを取ったというだけあって、日比野が二階角部屋のドアを開けると、2DKの部屋は間取り以上の広さを感じさせる。部屋を仕切る間の襖《ふすま》を取っているのが余計にそう思わせる原因のようだ。

「忙しいのに、ちゃんと掃除もしてるんだな」

リビングスペースに通された雄生は、失礼にならない程度に室内を見回し、感心して言った。台所のシンクに洗い物が残っているようなこともなく、ゴミ袋が溜《た》まっていることもなければ、テーブルの上にものが出しっぱなしにもなっていなかった。

「部屋にいる時間がほとんどないから、汚しようがないっていうのもあるんですよ。でも、今日は出かける前に掃除機はかけました」

日比野はそう言いながら、まずエアコンのスイッチを入れた。一日、締めきっていた部屋は蒸し暑く、かといって窓を開けたところで涼しい空気が入ってくるわけでもないからだ。

「蓮沼さんを呼ぶつもりだったからですよ？」

振り返った日比野の笑顔に、雄生は一瞬、返事に詰まった。付き合っている男に部屋に招かれ、その先を想像できないような子供ではない。それなりに経験も積んできた。だが、日比野にだけは、そんな過去の経験など役に立たない。

「……それなら、最初にそう言ってくれればよかっただろう」

雄生はなんとか自分を取り繕い、緊張を押し隠す。

「そうしたら、お泊まりセットを用意してきてくれました？」

「泊まりって……」

日比野の思わせぶりな笑みの中に、男の色気が滲《にじ》んでいる。ゾクリと体が震えた。

付き合って四ヵ月になるが、体を重ねた回数は、世間一般の恋人たちに比べると、かなり少ないほうだろう。互いに仕事の忙しいときのタイミングが合わず、常にどちらかが忙しいという状態が続いていたのだ。

それに、雄生はなかなか自分から誘うことができなかった。恥ずかしいのももちろんあるのだが、それ以上に大人の男が年下の若い男を求めるなど、浅ましいと思われるのではないかという恐れがあった。

「泊まっていってくれますよね？」

ただ眠るだけではないと明らかにわかる誘いに、雄生はどうすれば余裕のある態度に見られるのかを考え、そうして、微《かす》かに微笑《ほほえ》むことで承諾を示した。

「よかった。断られたらどうしようかと思って、ドキドキしてたんです」

日比野はさっきとは打って変わり、ホッとしたような安堵の笑みを見せた。

笑顔にもこんなに種類があることを、日比野に出会って初めて知った。そのどれもが魅力的で、雄生を落ち着かなくさせる。それなのに日比野は、

「そこに座っててください。冷たいお茶でもいれますね」

ソファを雄生に勧め、その場に置き去りにして、一人でキッチンへと行ってしまった。

拍子抜けした気分で、雄生はソファに座った。大人が三人座れるような薄紫色のソファの前には、ローテーブルがあり、その向こうには三〇インチくらいのテレビが置かれている。

デザインの仕事をしているだけあって、家具の一つ一つが洒落ている。建物の古さを上手《うま》く生かした壁のディスプレイもさすがだ。だが、雄生が落ち着いて室内を見回せるのもリビングまでだった。

雄生は意図的に奥にあるもう一つの部屋は見ないようにしていた。窓際に置かれたベッドはセミダブルくらいの大きさで、なんとか二人で寝られそうだと思った瞬間、顔に火がついたように熱くなった。だから、見られなかった。

「すみません。建物が古いせいか、エアコンの効きが悪いんですよ」

両手にグラスを持った日比野が、いつの間にか、雄生のそばに立っていた。テーブルにグラスを載せ、当然のように雄生の隣に座る。

「エアコン？」

急に何を言い出すのかと、雄生は首を傾げ問い返す。

「だって、暑そうだから……」

日比野は雄生の顔を見つめている。客観的に見ても顔が赤くなっているのだと雄生は気づかされた。

暑さなど全く気にしていなかった。けれど、そうではないと答えれば、どうして顔が赤くなることがあるのかを説明しなければならなくなる。とてもじゃないが、この先を想像してなどとは言えなかった。

さっきまで喉の渇きなど感じていなかったのに、急に口の中がからからになってきた。日比野が持ってきてくれたグラスを手に取り、雄生は一気に中身を飲み干した。

「今のうちに水分補給をしておいてくださいね」

「今のうちって……」

グラスを置いた雄生は、どういう意味かと日比野に顔を向けた。その瞬間、強い力で抱きしめられる。

「これからしばらく、水を飲ませてあげる余裕はなくなりますから」

耳元で響く日比野の声に、甘く惑わされる。唇が耳朶《じだ》をなぞり、それだけで体から力が抜けていく。

唇が耳から顔へと移動して、ついに雄生の唇を捉《とら》えた。

「ん……ふぅ……」

軽く啄《ついば》むようなキスを何度も繰り返され、雄生はその合間に吐息を漏らす。激しい快感を与えるようなキスではないのに、自分のペースを掴めないことで乱れさせられる。

軽いキスが深いキスへと変わる頃には、雄生はもうソファへと押し倒されていた。あまりの自然な流れに、日比野の経験の多さを感じずにはいられない。しかも、気づかないうちにネクタイまで外されていたのだ。

「ひ、日比野くん、シャワーくらい……」

シャツをまさぐられて悲鳴のような声が上がる。残暑の厳しいこの季節に、一日中、スーツを着て働いた体は、かなり汗を掻いている。このままで日比野と抱き合うのには抵抗があった。

「蓮沼さんの汗なら気になりません」

日比野はそう言うなり、胸元に顔を埋めてきた。

「あっ……」

雄生は慌てて手で口を押さえた。シャツの上から唇で胸の尖《とが》りを探し当てられ、思いがけない刺激に声が漏れそうになる。

「大丈夫ですよ。隣は空室だから、少しくらい大きな声を出しても」

クスリと笑われ、ますます雄生はいたたまれなくなる。

声を隣人に聞かれることを気にしているのではない。胸で感じていると、日比野に知られるのが恥ずかしいのだ。自分のような男っぽい容姿では、それはあまりにも不似合いにしか思えなかった。

日比野はわざと唾液《だえき》をたっぷりと乗せた舌で舐《な》めることで、シャツを濡《ぬ》らし、その下にある小さな尖りを透かせて見せようとしている。もどかしいくらいの緩い刺激しか与えられていないのに、視覚から来る羞恥《しゅうち》にも煽《あお》られて、雄生の腰が揺れる。それでも、雄生の手は口元から離れない。

「そんなに声を聞かせるのは嫌ですか?」

日比野が上目遣いで見つめてくる。

「感じてもらえてるのか、ちゃんと知っておきたいんです」

不安そうな顔をされれば、それが日比野の作戦でも、雄生には抗《あらが》う術《すべ》がなかった。日比野の願いで、自分にできることがあるのなら、どんなことでも叶《かな》えたい。それくらい、日比野に夢中だった。

雄生はおずおずと口元から手を退《の》かせた。行き場を失くした手は、縋《すが》るように日比野の肩へと伸びていく。

「ありがとうございます」

日比野はニコリと笑い、雄生のシャツのボタンを外し始めた。

「焦《じ》らしてるつもりだったんですけど、俺のほうが焦れちゃいました」

繋《つな》ぎ止めておくもののなくなったシャツが、日比野の手によって左右に開かれる。

明るい照明の下で、日比野の視線に肌を晒《さら》すのは相当の勇気がいる。けれど、日比野がそうしたいと求めている限り、抵抗はできなかった。

改めて日比野が顔を近づけてくる。

「あっ……んっ……」

柔らかい舌がツンと突きだした胸の飾りを舐め上げ、さっきとは違う、直接的な濡れた感触に体が震える。

日比野は口で胸を愛撫《あいぶ》しながら、空いた手で雄生のベルトを抜き取っていく。気づいてはいたが、与えられる刺激を堪《こら》えることで精いっぱいで、とても手を止めさせることなどできなかった。

器用な日比野により、雄生はあっという間に下半身から、邪魔なものを全《すべ》て取り去られてしまう。それなのに日比野はまだTシャツも脱いでいない。

自分だけがほぼ全裸になり、肌を上気させているのが恥ずかしい。

「見ないでくれ……」

雄生は両腕で顔を覆った。体を隠せないのなら、せめてこのみっともない顔だけでも隠しておきたかった。

「それ、煽ってるんですか?」

「え……?」

予想外の言葉に、雄生は思わず手を下げた。体を起こしていた日比野とまともに視線がぶつかり、情欲に燃える瞳に射すくめられる。

日比野は雄生から目を逸《そ》らさず、服を脱ぎ始めた。忙しくてもジョギングを欠かさないというだけあって、無駄な肉のない引き締まった体が現れ、雄生は目を奪われる。

惜しげもなく裸身を晒した日比野が、再び覆い被《かぶ》さってくる。

「ここで……?」

ベッドまでほんの数メートルしかないのにと、雄生は戸惑いを隠せず問いかける。まさかソファで最後までするとは思っていなかった。

「すみません。これ以上は待てません」

その証拠だと言わんばかりに、日比野は雄生の手を取って、自らの昂《たか》ぶりに導いた。

「……っ……」

熱い猛《たけ》ったそこに触れ、雄生は息を詰まらせる。ただ一方的に雄生が愛撫を受けるだけだったのに、日比野の中心がこれほど大きく形を変えているのが嬉しかった。

「いいですか？」

「あ、ああ……」

雄生の了解を得て、日比野はソファの下へと手を伸ばす。何をしているのかと首を巡らして見ると、そこからローションとコンドームが引き出された。

「君……」

どうしてこんなところに隠しているのかと問い質《ただ》したいのに、雄生は呆気《あっけ》にとられ、言葉が続かない。

「ここだけじゃなくて、他の場所にも隠してますよ。もたもたして、蓮沼さんの気が変わると困るから」

照れくさそうに笑う日比野に愛《いと》おしさが募る。雄生は両手を伸ばし、日比野を抱き寄せた。

「君に求められて、どうして俺が拒むんだ」

「そんなこと言って、知りませんよ」

至近距離で日比野がニヤリと笑いかけてくる。その笑顔の意味を雄生は体に教えられた。

「あっ……」

足の間に忍び込んできた手が、固く閉ざした後孔に触れる。

抱かれた経験は数えるほどしかなく、相手は全て日比野だ。日比野によって教えられた官能を、また日比野に引き出されようとしている。雄生は日比野に回した手を外し、再びソファへと投げ出す。

「すみません。ありがとうございます」

雄生の行動の意味に気づいた日比野が、この状況には不似合いな言葉を、いつもの爽やかな笑顔ではなく、男の色気に溢《あふ》れた笑みで口にする。

抱きつかれたままでは日比野も動きづらいだろうと、雄生は自ら先を促すように動いたのだ。いつもいつも年下の日比野に任せっぱなしでいるのは、申し訳ないという思いからだった。

日比野は手のひらにローションを垂らし、指先に馴染ませている。なんのためかを想像して、知らず知らず喉が鳴る。

「んっ……」

濡れた指先が再び近づいてきて、触れた瞬間、声が漏れた。日比野は焦ることなく、優しく丁寧に入り口を揉《も》みほぐしていく。雄生の緊張もまた解そうというのだろう。とっくに硬く勃《た》ち上がっていた屹立にも指を絡ませ、前と後ろを同時に愛撫する。

「くぅ……はっ……あぁ……」

雄生の淫《みだ》らな息づかいが室内に響く。その声が日比野を煽っていることなど雄生は気づかず、御しきれない快感に翻弄《ほんろう》されるだけだった。

押し入ってきた指が、中を掻き回す。内壁を擦られ、奥を突かれ、雄生は涙を溢れさせるほど感じさせられた。

「もう……頼……むっ……」

何を口走っているのか、自分でもわからない。ただ早く楽になりたいという思いだけが雄生を支配していた。

「俺も限界です」

日比野が指を引き抜き、雄生の両膝を掴んで左右に大きく広げた足の間に体を進めてくる。

雄生の涙で滲んだ視界の中に、左足を床に着き、右足はソファに乗せ、しっかりと足下を固めている日比野の姿が映る。

日比野が何を求めているのか、理性が欠片ほどしか残っていなくてもわかる。雄生は息を吐き、次に来る衝撃に備えた。

抱かれる喜びはあっても、まだ挿入に対する恐怖は残っている。だが、馴染みさえすれば痛みも圧迫感もなくなり、すぐに快感の波に呑み込まれるのだ。日比野が心配しないよう、けっして苦しげな顔など見せたくない。

「行きますよ？」

熱い声で問われ、雄生は無言で頷いた。日比野が腰を押しつけてくる。

「くっ……」

貫かれる衝撃に押し出されるように声が出た。けれど、かろうじて顔を顰《しか》めることだけは堪えた。日比野が充分に解してくれていたためと、一気に押し込んでくれたおかげで、痛みは一瞬で終わったからだ。

大きく呼吸を繰り返して、早く日比野を馴染ませようとする雄生に、日比野は宥《なだ》めるためにか中心へとまた指を絡ませてきた。

「ふぁ……んっ……」

挿入の衝撃にも萎《な》えていなかった屹立は、日比野がくれる刺激に嬉しげに震える。

「今、俺を締め付けましたよね」

覆い被さってきた日比野に至近距離で囁《ささや》かれ、そんなことはないと首を横に振るものの、銜《くわ》え込んだそこは、隙間《すきま》もなくぴったりと日比野に絡みついている。

「も……いいから……」

言葉で嬲《なぶ》られるのが耐えきれず、雄生は浅ましい願いを口にする。

「何がいいんです?」

日比野はまだ許してくれなかった。雄生の反応を楽しむように顔を見つめたままで、言葉の意味を問いかけてくる。

「早く……」

「早く?」

意地の悪い問い詰め方は、雄生の羞恥を煽り、より快感を増幅させようとしてのことだとわかっているのに、そのとおりの反応を示す体が恨めしかった。日比野を受け入れている後孔は細かにひくつき、それを日比野に伝えていた。

「君を……俺の中で……」

それ以上はどうしても言えなかった。雄生は唇を噛み締め、顔を横に向けて日比野の視線から逃れる。

「すみません。蓮沼さんがあんまりかわいいから、つい虐《いじ》めちゃいました」

日比野は詫《わ》びるように軽いキスを雄生の額に与えた。

「早く動きたいのは俺も同じです」

切羽詰まった声に嘘はない。その証拠に日比野はすぐに腰を使い始めた。

「いっ……あぁ……」

雄生の口から溢れる声は、快感しか伝えない。体を重ね合った回数はまだ少なくても、日比野は雄生の感じる場所を覚え、的確に捉えていた。

「ここ、ですよね?」

「そ、そこっ……」

雄生は半ば叫ぶように歓喜を訴えた。前立腺を屹立で突き上げられ、腰が痺れるほどの快感が湧《わ》き起こる。

溢れる先走りが二人の繋ぎ目を濡らし、ますます日比野の動きを滑らかにする助けとなる。激しく突かれ、ずりあがる体は、すぐに日比野によって引き戻される。

「やっ……あぁ……もっ……」

雄生は泣きながら嬌声《きょうせい》を上げ続けた。自分が抱く側だったときには、快感をセーブできたし、理性も残っていた。けれど、抱かれる側に回ると、過去の経験など役に立たず、日比野にされるがままで狂わされる。

「いいですよ。イッても……」

耳朶にいやらしく響く声を吹き込まれ、ゾクリと体が震える。

浅ましく思われるかもしれないという恐れは、快感の前に消えてしまった。雄生は自ら手を伸ばし、自身に指を絡ませる。

「んっ……はぁ……っ……」

日比野に後ろを突かれ、自分で前を擦り上げる。その強烈な快感の前には呆気なかった。雄生が手を濡らしたのは、自身で刺激を与えてすぐだった。

「俺もイキます……」

日比野のその言葉の直後、低く呻《うめ》く声がして、日比野が達したことを知る。コンドームを着けてくれていたから、直接、中に出されることはなくても、感覚でわかる。

日比野が倒れ込むように雄生に体を預けてくる。熱い体がぴったりと重なり合うのが心地よく、重みも気にならなかった。雄生は手を回し、労《いたわ》るように日比野の背中を撫《な》でた。

「あれ？　そんな余裕が残ってるんですか？」

若干、息を弾ませた日比野が、不服そうに雄生を見つめてくる。雄生は愛おしさから撫でただけだったのだが、日比野はよく頑張ったとでも褒められているような気になったらしい。

「余裕なんて……」

声を出した瞬間、喘ぎすぎて掠れていることに気づかされ、雄生は口を閉ざす。

「なさそうですね」

「当たり前だ」

余裕があるなら、あんなに乱れたりはしない。できなかったからこそ、声を掠れるほど嬌声を上げてしまったのだ。

「激しすぎました？」

気遣うように問いながらも、どこか嬉しそうな日比野に、雄生は瞳を伏せながらも頷き、

「こんなところでするなんて……」

少しだけ日比野の性急さを責めた。これまでは常にベッドでしか行為に及ばなかった。自分でも頭が固いとは思うものの、ベッドでするものだという固定観念があって、他の場所では日比野が相手でなくてもしたことがない。

「俺がどれだけ蓮沼さんを好きか、求めているかを知ってもらいたくて、つい、焦りました」

日比野は急に何を言い出すのか。体を重ねれば、こんな自分でも求められていることは充分にわからせてもらえる。どうして、あえて、今、言うのかがわからず、雄生は首を傾げるしかできない。

「さっき、嫉妬してたでしょう？」

「君、知って……」

あまりの察しの良さに、雄生は言葉を失う。食事をした店で、名前も知らない女性たちに、

雄生は嫉妬を覚えた。女性というだけで躊躇《ためら》いなくアプローチできることを妬《ねた》ましく思ったのだ。

「急に食欲が無くなれば、誰だってわかります。でも、ちょっとショックでした。信用されてないのかなって」

「そういうわけじゃないんだ」

雄生は慌てて否定した。信じられないのは日比野ではなく、自分自身なのだと、なんと言えば日比野にわかってもらえるだろう。上手く言葉が探せない雄生に代わり、日比野がその先を繫げてくれた。

「もっと自分の魅力を自覚してください。名前も知らない女の子たちになんか、目が行くはずないじゃないですか。こんなに蓮沼さんに夢中なのに」

わかるでしょうと日比野が軽く腰を動かした。射精して萎えたはずなのに、また大きさを取り戻している。それくらい雄生の体を求めているという証拠だ。

「あ、ありがとう」

他に返す言葉が見つからなくてそう言ったのに、日比野は一瞬、呆気にとられたような顔になり、それからフッと笑った。

「まさかお礼を言われるとは思いませんでした」

「いや、でも……」

「蓮沼さんが魅力的なのは、俺だけじゃなくてみんな知ってます。結婚したい男ナンバーワンにだってなってるじゃないですか」

「あれは出世しそうだとか、真面目そうだとか、そういう意味合いが含まれてるんだよ」

雄生は真面目に答えたのに、日比野はやれやれと溜息《ためいき》を吐く。

「これは本格的に体でわかってもらうしかなさそうですね」

ニヤリと笑って日比野は、硬くなったままの自身を引き抜いた。名残惜《なごり》しげに無意識に締め付けてしまい、雄生は恥ずかしくて瞳を伏せる。

「安心してください。まだ終わりませんから」

その言葉にますます羞恥が募る。体が物足りないと訴えていることを見抜かれていた。

「でも、今度はゆっくりと味わうために、ベッドに移動しましょうか」

そう言うなり、日比野は雄生の体の下に両手を差し込み、力を込めて横抱きに抱え上げた。

「ひ、日比野くんっ」

持ち上げられ、雄生は焦って呼びかける。抱き上げられた記憶など、小さな子供のときしかない。太ってはいないが、身長がある分、それなりに重いはずだ。

「すぐそこだから平気です」

そうは言うものの、日比野の声には力が籠もり、剝き出しの腕も筋肉が盛り上がっている。大の男を持ち上げるために、相当な無理をしているのだ。

二メートルあまりの距離をなんとか無事に運び終えた日比野は、ベッドの上に雄生の体を横たえさせた。その額にはまた新たな汗が滲んでいる。

「無理をしなくてよかったのに……」

雄生はベッドの縁に腰掛け、肩で息をする日比野に呆れたように声をかける。

「一度、やってみたかったんですよ」

日比野が振り返り、照れくさそうに笑う。

「今のをかい？」

「抱いて運ぶっていうのもそうなんですけど、とことん、蓮沼さんを甘やかしたいなあって。こんな気持ちになったの、初めてです」

見つめる瞳に嘘はない。けれど、照れくささが勝り、雄生は素直に喜びを伝えることができなかった。

「めんどくさいだろう？」

「俺、そんなこと言いました？」

「す、すまない……」

少し怒ったような顔で睨《にら》まれ、雄生はいたたまれなくて頭を下げる。

「やっぱり体でわかってもらわないと駄目みたいですね」

日比野がベッドに上がり、雄生の足を大きく広げさせる。そして、その間に体を入れ、いきなり後孔に指を差し込んできた。

「あ……っ……」

受け入れたばかりだったそこは、易々《やすやす》と指を呑み込み、雄生に甘い声を上げさせる。達したばかりで特に感じやすくなっているのだ。

「こっちはこんなに素直なのに。指じゃ、物足りないって締め付けてきてますよ?」

「そんなことは……」

「それじゃ、指だけでイってみます?」

「ひぁっ……」

指の先で前立腺を擦られ、雄生は悲鳴を上げる。指が入っただけでも感じたのに、前立腺を刺激されては堪らない。雄生の中心はまた昂ぶりを見せ始めた。

「ホントに指だけでイケそうだ」

日比野は小刻みに指先を動かし、雄生を乱れさせる。けれど、足りない。もっと熱いものを体が知ってしまったから、指では満足できない。

「日比野くん……」

願いを込めて、雄生は潤んだ瞳で日比野を見つめる。

「なんです?」

明らかに雄生の望みをわかっていながら、日比野は意地悪く問いかけてくる。素直になれない雄生を、このときとばかりに気持ちを伝えさせようとする。

「君の……で……突いて……ああっ……」

望みを最後まで言い終えることはできなかった。堪えきれなくなった日比野に自身を突き入れられたせいだ。

二度目なのに日比野の激しさは、一度目よりも増している。膝の裏を摑んで持ち上げられ、浮き上がった腰に何度も強く打ち付けられる。

「やっ……はあ……いいっ……」

何を口走っているのかわからなくなり、快感に忠実な獣に成り下がる。

「もう……イクっ……」

あまりにも激しすぎる快感に、雄生はとうとう前に触れられることなく、後ろだけで達してしまった。呆然とする雄生の中から日比野が引き抜かれ、その直後、日比野の放ったものが雄生の股間《こかん》を濡らす。

立て続けの二度の射精は、雄生から動く気力を奪い取った。手足をベッドに投げ出し、荒い呼吸を繰り返すだけだった。効きが悪いと言っていたエアコンも、ちゃんと機能し、涼しい風が顔に当たるのに、全身汗まみれになっている。

「まだ無理でしょうけど、風呂の用意をしておきますね。ちゃんと浸かったほうが疲れは取れますから」

若さなのか、それとも立場の違いか、日比野はすぐに立ち上がり、バスルームへと向かった。疲れてはいるが、雄生は充足感でいっぱいだった。愛されることに不慣れで自信を持てないでいる雄生に、日比野は全身で愛していると伝えてくれる。この疲れがその証《あかし》だ。

日比野の鼻歌が微かに聞こえてくる。体を繋げた後に、そんな上機嫌の様子を垣間見《かいまみ》せられれば、嬉しくないはずがない。

もっと日比野を喜ばせられることはないか。雄生はそう考え、ふらつく腰を堪えて立ち上がり、日比野の元へと向かった。

「さて、みんな、久しぶりだな」

雄生は室内を見回し、並んだメンバーの顔に懐かしさを感じる。このチームが結成されたのは一年前。『サンセイ』が売り出す新製品、『ふわふわコーン』の販促商品企画のためだった。第一弾が大好評につき、第二弾の制作のために、再び集められたというわけだ。最初から定期的に行うことは念頭に入れていたが、一発目が不評ならそのまま立ち消えになるところだったのだから、成功にみんなの顔も明るい。

「次は何を作るんだって、友達に聞かれましたよ」

はりきって答えたのは、チームのサブリーダー的存在の近藤《こんどう》だ。日比野に続く年長者だが、それでもまだ三十歳。若手ばかり六人のこのチームの平均年齢は二十七歳だった。

「私は妹に。あのストラップも私のものを取り上げられたんですよ」

そう言いながらも最年少、今里《いまざと》の顔は綻《ほころ》んでいる。自分が企画に携わったものが家族に認められたことが嬉しいらしい。入社して初めてのプロジェクト参加だったから、なおさらなのだろう。

みんなが次々に周囲の反響を口にする。身近で感じられたことが、また彼らの意欲を駆り立てていた。

「そうなるとプレッシャーがかかるだろう？」

雄生の問いかけに、そのとおりと皆が頷く。

「次回は春、イチゴ味が新しく加わることも考慮して、それぞれ企画を考えてきてほしい」

今日のところは顔合わせだけの予定だった。雄生が解散を告げると、それぞれが一旦《いったん》、自分の部署に戻っていく。

『サンセイ』ではプロジェクトごとにチームを作り、そのための部屋を設けることになっていた。普段は違う部署にいて、そこに自分の席も持っているのだが、チーム参加中は別の部屋に集められる。雄生もまた普段は営業部販売促進課にいる。もっとも雄生は常に何かの企画に携わっているから、販促課の席にいることは少ない。

全員が立ち去り、一人になった雄生は、一枚の名刺を取りだす。日比野のものだ。日比野にも第二弾が始まることは伝えていたが、今日から具体的に動き出すことまでは話していなかった。それに、日比野のスケジュールも確認しなければならない。

日比野と会ったのはもう十日も前になる。忙しいときは無理をしなくていいと言ったのは雄生だ。だから会いたい気持ちを押し殺し、この十日間は電話やメールで近況を確認し合うだけになっていた。

名刺には手書きの携帯番号が記されている。だが、今は正式な仕事の依頼だ。雄生はその上に記された日比野が勤める『ヒガキ』に電話をかけた。

「お世話になっております。『サンセイ』の蓮沼です」

『こちらこそ、大変お世話になっております。檜垣《ひがき》です』

電話に出たのは所長の檜垣だった。仕事の話はまず檜垣を通す。雄生は今日から本格的に活動を始めることと、それについて日比野のスケジュールを確認したいことを伝えた。

『ありがとうございます。すぐに日比野に伝えますが、ちょっと打ち合わせで出てるんですよ』

「お忙しそうですね」

日比野との個人的関係を気づかれないために、雄生はわざと他人事《ひとごと》のような言葉を返した。日比野が忙しいのは、本人から聞いて知っている。二人で熱い夜を過ごしたあの後、急に飛び込みの仕事が増えたのだと電話で言っていた。だから、こうして会えない日々を過ごしているのだ。

『日比野は依頼を断りませんからね。そろそろ選んでもいいと思うんですが……』

顔馴染みの雄生だからか、檜垣は苦笑気味に内輪の話をぶつけてきた。

「彼もまだ若いですからね。なんでも試してみたいときなんじゃないですか」

『かもしれませんが、いつ寝てるのかって心配になりますよ』

世間話のようにこの場にいない日比野について語り合う。日比野の忙しさは、雄生の想像を超えていた。電話もメールもいつもどおりだったし、深夜遅い時間に連絡してくることもなかった。きっとそれは雄生を心配させないためだったのだろう。

いつまでも世間話をしているほど、雄生も檜垣も時間があるわけではなく、日比野に連絡をさせるという言葉を檜垣からもらい、電話を切った。

これでまた日比野が忙しくなってしまう。恋人として体調を気遣ってほしいという思いと、企画の責任者として日比野の力がどうしても必要だという思いが、雄生の中で葛藤《かっとう》する。

けれど、勝ったのは仕事だった。恋に溺《おぼ》れて仕事ができなくなる。そんな男に日比野は振り向いてなどくれないだろう。知り合ったときから、日比野には仕事人間の顔ばかり見せていた。そんな雄生を好きだと言ってくれたのだから、絶対に仕事をおろそかにできない。

雄生がパソコンで情報を整理していると、メンバーたちが入れ替わり立ち替わり、荷物の移動で姿を見せる。大がかりな引っ越しというわけではないし、所詮《しょせん》、同じフロア内だから、せいぜいが段ボール一箱に、パソコンくらいのものだった。

そうやって周囲が慌ただしい中でも、雄生が黙々と仕事を続けていると、不意に廊下から弾んだ声が聞こえてきた。

「日比野さん」

語尾にハートマークがつきそうなほど弾んだ声は松岡のものだ。

日比野が来ている。雄生は腰を上げそうになったが、自分の立場を思い、押し留まった。それに自分から行かなくても、日比野はここまで顔を見せにくるはずだ。

「どうなさったんですか？」

廊下からの会話はまだ聞こえてくる。今度は水野《みずの》の声だった。メンバーたちに人気のあった日比野は、すぐに取り囲まれてしまったらしい。

「第二弾が正式に決まったってお電話をもらったんですけど、俺、出かけてたもんだから……」

ようやく日比野の声が耳に届く。電話で言葉を交わしているのに、随分と久しぶりな気がするのは、現実に近くにいるせいだろうか。

「それでわざわざ？」

歩きながらの会話に変わったらしく、声が徐々に近づいてくる。

「近くにいたんで、直接、来ちゃいました」

その声は水野たちではなく、雄生に向けられたものだった。部屋に到着した日比野は、笑顔で雄生をまっすぐ見つめている。

「お忙しいところ、わざわざすみません」

雄生はここで初めて立ち上がり、仕事用の顔で頭を下げる。前回の仕事から五ヵ月が過ぎ、その間、個人的に会っていることは誰にも話していない。うっかりおかしなことを口走らないための予防だった。

「また皆さんと一緒に仕事ができて嬉しいです」

日比野が爽やかな笑顔でそう言うと、女性陣がにわかに活気づく。心の中では雄生も同じだった。たとえ仕事の場でも、顔を見られるのは嬉しい。

だが……。

雄生は部下たちと楽しげに話している日比野の横顔を見つめる。笑顔の中に少し翳《かげ》りがあるように見えるのだ。十日前に会ったときよりも、ほんの僅《わず》かだが痩《や》せたようにも感じる。元々がスリムだから、ますます細くなった印象だ。

忙しい中、無理をしてここに来てくれたのに、いつまでも世間話で引き留めておくわけにはいかない。

「日比野くん、いいかな?」

雄生は松岡たちの話を遮り、日比野を自分の席まで呼び寄せた。日比野は松岡たちに小さく頭を下げてから、こちらに近づいてくる。

「お久しぶりです」

日比野もまた雄生に合わせ、長い間、連絡を取っていなかったような態度を取る。

「わざわざ申し訳なかったね。今日は挨拶《あいさつ》だけのつもりで電話をさせてもらったんだよ。うちのほうでも、これから具体的にどんなグッズを作るのか決めていくくらいなんだ」

「そう聞いてます。スケジュールの確認だって」

日比野はそう答え、肩から提げた大きなバッグから手帳を取りだした。そして、それを雄生のデスクに載せた。

「えっと、俺の予定は……」

日比野は手帳を覗《のぞ》き込むためだというふうに身を乗り出し、さりげなく雄生に顔を近づけてくる。思いの外、二人の距離が近づき、雄生が焦って身を引く前に、

「顔を見たかったんです」

日比野は誰にも聞こえないように小さな声で囁《ささや》いた。もちろん、周囲に聞こえないことを前提で言っているのだが、それでも心臓は破裂しそうなほどに驚かされた。

職場で何を言い出すのだと責めるように睨むと、日比野は悪戯を見つかった子供のように肩を竦《すく》めて笑う。こういうところはいつもと変わらない日比野だ。

「それでスケジュールなんですけど、この辺りでプランをもらえると助かります」

日比野は仕事の顔を作り、カレンダーを指し示す。

「これくらいなら、うちで考えていた予定とそう変わらない。君に合わせるよ」

「ありがとうございます」

「いや、この企画は君あってのものだからね」

正直な気持ちを伝えると、日比野は照れくさそうに笑う。その笑顔にさっきと同じ、僅かな翳りを見つけ、雄生はもう黙っていられなかった。

「大丈夫かい？　疲れているようだが……」

「あ、ばれちゃいました？」

心配して問いかけた雄生に対して、日比野はそれを吹き飛ばすように冗談っぽい口調で問い返してくる。

「実は、今度、これまでにしたことのない、デザインのコンペに参加することになったんです。それでちょっとバタバタしてたんですよ」

「君がコンペって……」

雄生は唖然《あぜん》として、言葉を途切れさせた。日比野は今や名指しで依頼がひっきりなしの売れっ子デザイナーだ。コンペに参加せずとも、充分すぎるほどの仕事量のはずだ。

「新しいことをしてみたくなって、所長に無理を言いました」

それで檜垣が電話で思わず愚痴っぽいことを零《こぼ》していたのだと、雄生は今になって理解した。成功するかどうかわからないコンペで時間を取られるよりも、確実な依頼をこなしてくれるほうが、事務所としてはありがたいのだ。

だが、雄生は部外者だ。現状に満足することのない日比野の姿勢に、改めて惚《ほ》れ直した。

「でも、あまり無理をしないでくださいよ」

雄生は感情を押し殺し、人生の先輩といった顔で日比野を諭す。本当はもっと他に言いたいことはあるのだが、ここは職場だ。声を潜めなければ、室内にいる松岡たちにも会話は聞こえてしまい、かといって、いつまでも小声で会話をしていると怪しまれる。

「はい、気をつけます」

日比野も素直に聞き入れ、そして、次の約束があるからと、顔を見せただけで帰ってしまった。

「本当にお忙しそうですね」

立ち去る後ろ姿を見送っていた松岡が、しみじみとした口調で言った。

「売れっ子だもん」

水野が応じ、久しぶりに会った日比野の話題が続く。

「それなのに、コンペでしょう?」

「これまでにしたことないって、どんなコンペなんだろ」

水野と松岡が中心となった会話に、雄生は口を挟みづらく、黙って耳を傾ける。

「結果が出ないうちから何のコンペですかなんて、聞けないしなぁ」

相づちを打ったのは、途中から話に加わった男性社員の近藤だ。雄生も同じ思いだったから、さっきその話を聞いたとき、尋ねることができなかった。

知ろうとすれば、檜垣から聞き出すことは可能だろう。だが、日比野が話そうとしないのなら、勝手に調べたりすべきではないと雄生は思った。

「さあ、おしゃべりはそのくらいにして、早く引っ越しを終わらせてしまおう」

日比野のことをこれ以上、仕事中に気にかけないために、雄生は噂話を打ち切らせた。

電話やメールではなく、社内でとはいえ実際に顔を見られたことで日比野《ひびの》から元気をもらえた日から三日が過ぎた。

今日は第二弾プロジェクトの企画発表の日だ。メンバーには事前に申し渡してあったから、前日の昨日は、皆、遅くまで残って、最後の仕上げをしていたらしい。直接、見ていないのは、雄生《ゆうせい》がいると落ち着かないだろうと先に帰ったからだ。その分、雄生は自宅に仕事を持ち帰った。誰がどんな企画を持ってきても対処できるようにしておくためだ。

いつもどおり、始業時間よりも三十分早く出勤した雄生は、エレベーター前で販売促進課課長の櫻根《さくらね》と出くわした。

「課長、お早いですね」

最初に挨拶《あいさつ》を交わした後で、一緒にエレベーターに乗り込みながら、素直な感想を口にした。

櫻根だけでなく、この時間に出勤してくる社員はそう多くない。管理職の立場なら尚更《なおさら》だ。

「君の時間に合わせたんだ。ここまでぴったりになるとは思わなかったがね」

「私にですか？」

櫻根の言葉に雄生は驚きを隠せない。

「というわけで、先にちょっと私のところに来てくれるかな」

雄生がええと答えるのとほぼ同時に、エレベーターが停まった。営業部は全《すべ》て同じフロアにあるから、最初から二人とも降りるのはこの階だった。

人に聞かれたくないのか、櫻根は自分のデスクのある販促課ではなく、会議室へと雄生を連れて行く。

「すまないね。忙しいところを」

テーブルの角に斜めに対面するように座ってから、櫻根が難しい顔で話し始めた。

「村上《むらかみ》くんが入院したことは知っているだろう？」

雄生はええと頷《うなず》く。村上は雄生よりも五年先輩で、『サンセイ』の人気商品であるスナック菓子の販促チームのリーダーだ。かなりのやり手で尊敬する先輩の一人だった。その村上が先週、事故に遭って入院したことは、翌日には社内中に広まっていた。

「一ヵ月かからずに退院できるという話だから、リーダー不在のままでやり抜こうとしたんだが……」

櫻根はそこまで言って顔を顰《しか》める。

「どうかしましたか？」

「やはり彼の存在が大きすぎたということだろうな。サブリーダーの大橋《おおはし》くんがすっかり自信をなくして、チームを抜けさせてほしいと言ってきた」

予期していなかった言葉が続いたが、すぐに理解はできた。大橋は雄生より一つ下の後輩だ。サブリーダーを任されるくらいだから、できる男なのだが、比較対象が村上では分が悪すぎる。村上と同じだけできるとは、当人でさえも思っていなかっただろうが、どうしても比較されてしまうのは避けられない。大橋には気の弱いところがあったから、おそらく、代理のプレッシャーに負けたのだろう。

「そこで本題なんだが、村上くんが戻るまで、君に助っ人をしてもらえないかという相談なんだよ」

「私がですか？」

あまりにも予想外すぎて、雄生は思わず聞き返してしまった。櫻根は販促課をまとめる課長なのだから、当然、雄生が抱えている仕事は知っている。『ふわふわコーン』の第二弾キャンペーンの企画がスタートしたばかりで、これから本腰を入れて取りかからなければならない大事なときだ。余裕があるはずもない。

「もちろん、君が大変なのは充分、承知している」

櫻根は申し訳なさそうに言ってから、

「だから、君はいてくれるだけでいいんだ。大事な決断は病院にいる村上くんが下すからね。ただ、君が控えてくれているというだけで、大橋くんも落ち着くはずだ」

櫻根の説得を受けながら、雄生は大橋の顔を思い浮かべた。過去には同じチームになったことがあり、懸命に仕事に取り組む姿を間近で見ていた。こんなことで、ここでくじけてほしくはなかった。

「わかりました。どれだけできるかわかりませんが……」

「そうか、引き受けてくれるか」

課長は嬉《うれ》しそうに雄生の肩を叩《たた》く。雄生なら村上の代打ができると思われているのは、正直に言えば嬉しい気持ちもある。それに、何より困ったときはお互いさまだ。

せっかく早朝出勤をしたのだが、寄り道をしたせいで、部屋に戻ってもこれではメールのチェック程度しか始業前に片づけられなさそうだ。だが、課長も早急にこの話をしようと、わざわざ早く出社したのだろうから責めることはできない。

「おはようございます。今日はゆっくりだったんですね」

ドア付近にいた松岡《まつおか》が、珍しいと言いたげに挨拶を寄越してくる。

「君たちこそ、今日は早いな」

雄生も負けずに言い返す。始業時間までまだ十五分以上もあるのに、もう全員が揃《そろ》っていて、しかも皆、パソコンまで起ち上げていた。

「みんな同じで、ギリギリまで企画書のチェックをしてるんです。最後の悪足掻《わるあが》きですね」

松岡は苦笑いで全員を代表して答えた。

「それじゃ、その成果を期待していよう」

「うわ。私も急がなきゃ」

松岡も慌てて席に戻り、パソコンに向かった。

なかなか微笑《ほほえ》ましい光景だと、雄生は口元を緩める。始業まで十五分を切っていて、今から何ができるとも思えないのだが、できるかぎりのことはしようという姿勢は認められる。それが結果に結びつけばいいのだがと思いつつ、雄生も会議に備えた。

席に着き、まずメールチェックを済ませ、必要な返事を送った。それから届いていた報告書に目を通しているうちに時間がやってくる。雄生は腕時計を確かめてから立ち上がった。

「もう準備はいいかな。そろそろ会議を始めるぞ」

雄生の言葉で室内に緊張感が走ったのがわかった。社内会議とはいえ、誰もが自分の企画を認められたいと思っているから、このときばかりは仲間でありライバルになる。

部屋の一角に十人程度が座れる会議テーブルが設置されている。そのテーブルを囲んで全員が座ったところで、企画会議が始まった。

「それじゃ、予定どおり、最初は松岡くんにお願いしよう」

無駄を省くために、事前に順番まで決めてあった。松岡は少し緊張した面持ちで立ち上がる。

「私はフック付きのカードケースを考えました」

手元に配られた資料を見ながら、松岡の説明を受ける。松岡は最近の少額でもカードを使うところに目を付けた。電車に乗る以外にもプリペイド式のカードを利用する機会が多い。それならいちいち財布から取り出さなくてもいいようにと、バッグの手提げ部分にぶら下げることができれば便利なのではないかという案だった。

「あ、あるといいかも」

若い今里《いまざと》がすぐに反応する。

「かわいいデザインなら、お洒落《しゃれ》っぽくてファッションの一部になりそうですよね」

「でも、コストがかかりすぎないですか?」

男性社員の近藤《こんどう》は冷静な意見を述べる。今回の企画は、あくまでも販促グッズとして作るものだ。販売するわけではないから、単価がかかりすぎれば、個数を減らさなければならなくなる。そうすると当選率が下がり、いくら出しても当たらないなどと言われかねない。それでは応募数が減る恐れがある。

　雄生は近藤の指摘以外にも、この企画の問題点に気が付いた。

「コストもそうなんだが、俺たちは都会に住んでいるから、当たり前のようにカードをかざして電車に乗る。だが、地方ではどうだろう？」

　雄生の言葉に、松岡はあっと言葉を詰まらせる。

「そうか。田舎《いなか》じゃ、自動改札がないところもたくさんあるんですよね」

「その前にほとんど電車に乗らない地域もあれば、そもそも電車が走っていないところもある」

　納得した声を上げた近藤に対して、雄生はさらに説明を付け加えた。いくらカード社会になりつつあると言っても、使わない層もまだまだ多い。全国展開する商品のグッズなのだから、一部に偏りを見せたくなかった。

「でも、アイデアはよかった。そういうファッション性まで考慮しているところは、さすが松岡くんだ」

　落ち込んだ松岡に対して、雄生はフォローを忘れない。全てを否定してしまっては、今後のやる気をくじけさせてしまう。これも上司の役目だ。

そうやって一人一人のアイデアを実現性、コスト、集客力の点からじっくりと話し合っていった。メンバーが頑張って考えてきた企画だ。簡単に却下することはできない。

「次が最後か。じゃ、宮脇《みやわき》くん」

雄生に名を呼ばれ、チームでは男性社員の最年少、宮脇が立ち上がる。

「ありきたりかもしれないですけど、エコバッグを考えました」

宮脇は資料を配ってから説明を始めた。

エコバッグがかなり普及されてきていても、まだまだスーパーで買い物をする主婦のため、といったイメージが強い。『ふわふわコーン』の購買層は十代から三十代だ。その層なら単身者が多く、買い物の量もそう多くはならないし、男性ならスーパーよりもコンビニを利用する機会のほうが多い。だから宮脇はコンパクトなエコバッグを企画した。

「カタログとか見て調べたんですけど、既存のエコバッグは折りたためば小さくなるって言っても、鞄《かばん》を持たないで出かけてるときだと邪魔な大きさでした。もっと小さく薄くできないかと思うんです」

「たとえば、ハンカチくらい？」

近藤が先を促すように問いかけると、宮脇はそのとおりだと大きく頷く。

「コンビニで買い物をするくらいの量なら、そんなに大きくなくてもいいし、それほど頑丈でなくてもいいいんじゃないかって……」

「確かに、それはそうだな」

雄生はもっともだと相づちを打った。この場にいる全員が独身だ。自宅の冷蔵庫代わりのようにコンビニは頻繁に足を運ぶ。昼食も夕食もコンビニで購入した弁当や総菜、カップ麵《めん》という日もあるくらいだ。パン一つ買っても、缶コーヒー一つでも小さなレジ袋に入れてくれる。ブリーフケースではカップ麵やサンドイッチ程度のものでも入れるスペースがなく、ついレジ袋を利用してしまっていた。

「折りたたんでハンカチくらいなら、スーツのポケットにも入れられて、持ち歩けるってわけだ」

近藤が頷きながら、感心したように言った。雄生は全員の顔を見回す。誰もが近藤と同じような納得した顔をしていた。

あれば便利でもなかなか買わないもの。それが販促グッズには適している。しかも今はエコブームでレジ袋削減の動きも活発だ。それを販促グッズにすれば、企業イメージも上がるだろう。

「第二弾はミニエコバッグで決まりだな」

雄生の決断は早かった。何にするかというスタートでもたもたしているほど、時間に余裕はない。

「ありがとうございます」

宮脇が泣き出すのではないかというくらい、感極まった表情で頭を下げた。入社五年目だが、販促課に異動になったのは去年で、自分の企画が通るのは確か、これが初めてのはずだ。

そのまま引き続き、具体的な打ち合わせに入った。絵柄のデザインは日比野に任せるが、生地や大きさ、形を決めるのは雄生たちだ。

「蓮沼《はすぬま》さん、色を変えるのって、コストがかかりすぎますか？」

水野が思いついたように尋ねてくる。

「いや、デザインが同じなら、それほど変わらないはずだ」

「だったら、イチゴ味にちなんで、ピンク色のバッグも作りませんか？」

「ええ？　ピンク？」

近藤と宮脇が不満の声を上げ、蓮沼も言葉にはしなかったものの、苦笑いを浮かべてしまう。

「ピンクだけなんて言ってませんよ。ピンクも作りたいって言ってるんです」

否定されたことにムッとした顔で、水野が反論する。水野のピンク好きは蓮沼でも知っているくらい有名だ。バッグも携帯電話もそうなのだから、嫌でも目についてしまう。

「そうか、ピンクか……」

雄生は水野が手にしていた手帳を見て、ふと閃《ひらめ》いた。同じものでも色が違えば、それらを全て集めたいという顧客のコレクター魂に火を付けることができる。一口の応募では満足できず、何口でも応募してくる客はきっと多いはずだ。その分だけ売り上げが伸びる。

「正確なコストが出てからだが、最低でも五色は作ることにしよう」

雄生は思いつきを口にしてから、その意図を説明する。この企画の決定権は雄生にある。だから、メンバーの賛同を得なくてもいいのだが、雄生は誰もが納得した形で進めたかった。

結果、反対意見が出ることはなく、今回はデザインは同じで色のバリエーションをきかせることとなった。

そこからはそれぞれに担当を割り振り、会議が終わったときには午後一時を過ぎていた。

「遅くなったが、今から昼休憩にしよう。慌てなくていいから、ちゃんと一時間、休みを取るように」

雄生はそう言い置いて、急いで部屋を出た。向かう先は村上チームの部屋だ。朝一番で助っ人の依頼を受け、了解したことは伝わっているはずだが、挨拶もまだだし、何より詳しい話を聞いておきたかった。

「蓮沼さん」

ドアから顔を覗《のぞ》かせただけで、すぐに気づいた大橋が駆け寄ってくる。その顔にはホッとしような表情が浮かんでいた。

「無理をお願いして、すみませんでした」

「何週間かだろ。気にするな」

情けない顔で頭を下げる大橋に、雄生はポンと背中を軽く叩く。

「村上さんが戻ってくるまで、一緒に頑張ろう」

雄生の励ましに、大橋は泣きそうな顔で頷いた。よほど村上の不在が負担になっていたようだ。

「まずは現状を教えてくれ。朝、課長から話を聞いたばかりで何もわからないんだ」

雄生は休憩の間に、村上チームの詳細を頭に叩き込もうとしていた。いるだけでいいと言われても、何も知らないままでは何の力にもなれない。協力すると言ったうえは、できるだけのことをするつもりだった。

「こちらへ」

大橋に促され、室内に足を踏み入れると、チームメンバーたちの視線が集まってくる。同じ社内でもチームが違えばライバル心のようなものがある。中には雄生よりも年上の社員もいるから、実力を見定めようとするかのような視線も感じた。

大橋は既に雄生のために資料を揃えていて、それらを示しながら、現状を説明した。『サンセイ』の主力商品である、『えびちっぷす』は来年夏に新味発売を控えていた。それに伴い、既存味についてもパッケージを大幅リニューアルし、CMも一新する予定だ。商品の中身については開発チームが取り組んでいて、ほぼ完成に近づいているということだった。

「今はCMに起用するタレントを選定しているところです」

「候補はこれからか……」

資料に目を落とし、雄生は呟《つぶや》く。商品のイメージキャラクターになるのだから、慎重に選ばなければならない。CMの放送は一年後。そのときに旬が過ぎていても困る。かといって、急に依頼すれば、他のCMとの兼ね合いや、出演している番組のイメージと商品とが合わなくなる可能性もある。スケジュールを押さえるのは映画やドラマのように長期ではないから難しくはないが、他の会社から出ている似たような商品と被《かぶ》るタレントは避けたかった。

「会議はいつなんだ?」

「来週です。蓮沼さんは……」

大橋が窺《うかが》うような視線を向けてくる。何しろ急な依頼だったから、雄生がスケジュールの調整などできていないことは聞くまでもないからだ。

「わかった。俺もそれまでに考えておく」

「出席してもらえるんですか?」

「そうじゃないと、俺がサポートする意味がないだろう」

雄生が微笑むと、大橋が目に見えて表情を明るくする。確かにいるだけでいいと言った課長の言葉は大げさではなかったようだ。

雄生は資料を受け取り、明日の会議にまた顔を出すと言って、今日のところは村上チームから立ち去った。

結局、昼休憩に取った一時間を全て打ち合わせに費やし、食事を取る時間がなくなってしまった。もっとも忙しいときにはよくあることで、雄生はそれほど気に留めず、自分の部屋へと戻り、上に報告する書類の作成を始めた。ほとんどが雄生に任されているとはいえ、報告だけはしなければならない。

夕方過ぎまで、雄生だけでなくメンバーたちもそれぞれの作業に没頭した。

「生地のサンプルをもらってきました」

出かけていた近藤が戻ってきたのは、定時を過ぎてからだった。近藤はまっすぐ雄生のデスクに近づいてきて、鞄からサンプルを取り出す。

「ありがとう。明日、みんなで検討しよう」

蓮沼はそう労《ねぎら》って、サンプルを受け取った。もう時間も遅いから、帰宅してしまった者もいる。

「ところで、蓮沼さん、聞きましたよ」

近藤は神妙な顔で言ってくる。

「何の話だ?」

「村上チームの助っ人に駆り出されたそうじゃないですか」

自分のことだから雄生に驚きはなく、ただ耳が早いと感心するだけだったのだが、他のメンバーは違った。

「ホントですか?」

話を聞きつけた水野が、難しい顔で近づいてきた。

「あそこに俺の同期がいるんだけど、さっき廊下で会ったら、蓮沼さんが来ることになったたって言ってきてさ。そうですよね?」

同意を求められて、隠すことでもなく雄生は素直に頷く。

「助っ人と言っても、そんな大げさなものじゃない。村上さんが戻るまでの間をサポートするだけだ」

「でも、今だって大変なのに……」

水野が大丈夫なのかというふうに窺う視線を向けてくる。雄生のスケジュールは水野もよく知っている。前回もそうだったが、厳しいスケジュールで動いているため、余裕がないのだ。けれど、余裕のなさを表に出したところで、誰の得にもならない。周囲を心配させるだけでなく、自分までもがそれを嫌でも実感させられるからだ。

「うちのチームは俺が頑張らなくても、みんなが働いてくれるからな」

雄生は落ち着いた笑みを浮かべて、近藤と水野の顔を交互に見つめた。


形状だけでなく、正確な寸法や素材が決まったのは、それから五日後だった。これでやっと日比野に連絡ができる。

プライベートでは連絡を取り合っていたが、それもメールだけだ。電話にしなかったのは、声を聞けば顔を見たくなるし、声だけでも別れづらく、通話を終わらせることができなさそうな気がしたからだ。

仕事とはいえ、久しぶりに声が聞けることにときめきを覚えながら、雄生は事務所の番号を呼び出した。

『ああ、すみません。日比野はまた外出中なんですよ』

最初の応対は女性だったのに、大きな取引先だからか、所長である檜垣《ひがき》がわざわざ謝りに出てくれた。

「日比野さん、お忙しそうですね」

せっかく檜垣が対応してくれるのだ。雄生はさりげなく探りを入れた。雄生に対して、日比野はそれほど忙しいような素振りを見せない。だから、本当のところはどうなのかを知るには、檜垣に尋ねるのが一番だ。

『打ち合わせと資料集めに奔走してますよ』

「そう言えば、コンペに参加されるとか……」

話の流れでというふうに、話を向けてみる。どんなコンペに参加するのかを、日比野本人には聞けないでいた。人に話してしまえば、通らなければならないとますますプレッシャーを感じるかも知れないと思い、聞けずにいたのだ。

『今度、埼玉《さいたま》に新しいテーマパークができることになりまして……』

檜垣はそう言って、さらに詳細を教えてくれた。コンペはそのメインキャラクターを決めるためのもので、名だたるデザイナーが参加するらしく、日比野の気合いも半端ではないらしい。

『着ぐるみにもなるんで、今までにない大きさを想定してデザインしなきゃならないんですよ。書いては直しの繰り返しで、昨日も事務所に泊まり込んでましたね』

「そんなに大変なんですか……」

この数日のメールでは、そんな様子は伝わってこなかった。むしろ日比野はいつも雄生のことばかり気にしていた。雄生を心配させないよう、忙しい素振りは見せないようにしていたのだろう。泊まり込んだという昨日も、もうすぐ公開の映画を一緒に見に行こうというメールをもらっていた。

『あ、もちろん、ちゃんとそちらの仕事を優先させますから』

檜垣は取り繕うように言った。つい他の仕事の話ばかりしていたことに、今更、気づいたようだ。

「日比野くんに限って、手を抜くなんて心配はしていません。それにコンペのほうが先でしたよね？」

コンペがいつなのか正確な日程は聞いていないが、もうすぐだと日比野が言っていたのを思いだし、雄生たちの締め切りより早いと判断して、鎌《かま》をかけてみた。

『来週です。それが終われば、結果はどうあれ、落ち着きますよ』

檜垣はなんら疑った様子もなく、あっさりとコンペの日程を教えてくれた。

「頑張ってくださいと伝えてもらいたいところですが、プレッシャーになってもいけませんから、私が知っていることは内緒にしておいてください」

『お気遣い、ありがとうございます』

それから雄生は資料をバイク便で送ると伝えて電話を切った。

無意識に溜息《ためいき》が出ていた。視線はデスクに置いた卓上カレンダーに注がれる。

コンペの作業は来週中には終わっても、日比野には他の仕事もあるはずだ。雄生のところの依頼は締め切りがまだ先だとはいえ、資料を送ってしまえば、日比野のことだから、すぐに目を通してしまうだろう。詳細が決まればそれを伝えるのは当たり前なのに、個人的感情が入って申し訳なく思ってしまう。

雄生が顔を上げると、室内にはもう雄生だけしか残っていなかった。近藤と水野はこの時間からも打ち合わせがあって、雄生の電話が終わるのを待たずに出かけたようだ。そのまま直帰していいと言ってあるから、戻ってくることはないだろう。

午後七時、まだまだ早いほうだ。雄生は村上チームの資料に再び目を通すことにした。日中にはなかなか向こうのチームに顔を出すことができない。だが、進行具合は逐一、報告がもたらされ、雄生の手が必要なときには呼び出されてはいるが、そうなったときにいつでも対応できるようにしておきたかった。

時間がいくらあっても足りない。そんな心境だった。全てにベストを尽くそうとすれば、余計にそう思う。

デスクの上の電話が鳴り出したのは、一区切りつけようかとしていたときだった。相手が誰かなど考える前に受話器を持ち上げるのは習慣だ。雄生はパソコンに目を向けたまま、販促課を名乗った。

『やっぱりまだいたんですね』

最初に聞こえたのは笑い声、その後に日比野の言葉が続く。

「やっぱりって、今日はたまたまだよ。昨日はもう少し早かった」

『少しなんでしょう？　今、十時を過ぎてるの、わかってます？』

咎《とが》めるような響きがあるのは、雄生の働き過ぎを気にしてくれてのことだ。だから、雄生は安心させるための言葉を口にする。

「そろそろ帰ろうと思ってたところだよ。君は？」

『さっき事務所に戻って、資料に目を通したところです』

「もう目を通してくれたのか？」

日比野のことだから、すぐに確認をするはずだとは思っていたが、帰って早々だとまでは思わなかった。

『わからないところがあれば、すぐに問い合わせないといけませんから。でも、そんな心配なかったですね。蓮沼さんのチームは、仕事は速いし、正確だし、ホントにありがたいクライアントです』

日比野の声には実感が籠《こ》もっている。つまり、それだけ厄介なクライアントが多いということだろう。雄生は日比野だからと、特別に丁寧な作業をしているわけではないが、褒められたことは素直に嬉しかった。

『その分、他で苦労してますけど』

日比野は苦笑しながら言った。

「コンペのことかい?」

黙っているつもりだったのに、言わずにはいられなかった。日比野が珍しく困っているようなことを口にしたから、もし、自分でも何か役立つことがあるのなら、手助けしたいという気持ちもあった。

『正直、悩んでます』

日比野が初めてはっきりとした弱音を吐いた。ただほんの少し愚痴を零《こぼ》したかっただけのことかもしれないが、自分を頼ってくれたようで雄生は嬉しくなる。

「俺に何かできることはないかな?」

『だから電話しました。声を聞いて気力をもらおうかなって』

「それだけ?」

『大事なことですよ。それに蓮沼さんもまだ仕事をしてるんだって思ったら、気力が湧《わ》いてきました』

拍子抜けした雄生に、日比野が力強く答えた。

実際問題、もっと役に立ちたいと思ったところで、キャラクターデザインとなると全く専門外だし、何をかわいいと思えるのかも、正直、ピンと来ない状態では、力になれそうにもない。日比野はそこまでわかっていて、無理はするなと言ってくれているのだろうか。

『それじゃ、仕事に戻ります。いつまでも蓮沼さんの邪魔をしてたら、帰るのが遅くなりますもんね』

「君のほうこそ、あまり無理はしないようにな」

きっと日比野は今日もまた遅いのだろうと、心配するしかできない雄生は、諭すように言い、電話を切った。

仕事の電話とはいえ、八日ぶりに声を聞けてよかった。雄生に対しては元気に見せようと振る舞っているのかも知れないが、そうできるだけの元気が、日比野にはまだ残っているのがわかり、雄生は一安心する。

作業を中断したついでに、雄生は席を立ち、コーヒーを入れた。エコのため、先月から使い捨てのカップではなく、それぞれがマイカップを持ち込むことにした。雄生は自分のカップを持ち上げようとして、ふと手を止める。

雄生のカップはグレーの無地で、他の二人の男性社員も柄のない地味なものなのだが、女子社員はカラフルだ。中でも今里のものは、流行《はや》りの動物キャラクターがプリントされている。それをかわいいとは思えなかったが、女性に好まれそうだということくらいはわかる。

やはり日比野のために何かしたい。雄生は改めてそう思った。

日比野は雄生が作った資料を見やすいと言ってくれた。自分でアイデアを出すことは無理でも、ヒントになりそうな資料を集めることならできる。

雄生はまだ熱いコーヒーを飲み干し、急いでデスクに戻った。


あれから三日が過ぎ、雄生は並行して三つの作業を進めていた。元々の自分がリーダーの販促活動と、村上チームの助っ人、それに日比野のための資料集めだ。そのどれもを完璧《かんぺき》にこなそうとすれば、削れるのは睡眠と食事の時間くらいしかない。だが、食事を抜いたりして、痩《や》せたりすれば、またメンバーたち、特に女性陣から何を言われるかわからないと、昼は出前にして、コンビニに買い出しに行く時間も稼いでいた。

「蓮沼さん、差し入れです」

外出から戻ってきた松岡が、まっすぐ雄生のデスクに近づいてきて、栄養ドリンクを差し出した。

「ちゃんと食事は取ってるんだが……」

　結局は心配されるのかと雄生は苦笑いしつつも、せっかくの厚意を断るのも申し訳なく、素直に受け取る。

「量が少なすぎます」

　松岡はそう言って、後ろを振り返った。雄生が昼に頼んだ出前のどんぶりが、ドア横に置いてある。きちんと蓋《ふた》を閉めているから、そのままでは松岡が中のことなど知るはずがない。

「さっき覗きました。半分以上、残してるじゃないですか」

「覗いたのかい？」

「気づいてないかもしれないですけど、目の下に隈《くま》ができてますよ。それに少しやつれたみたいに見えるし……」

　だから、松岡は食欲が落ちていないかどうか確かめるために、失礼なのは承知の上で、中を覗いたらしかった。全ては雄生を心配してくれてのことだ。責めることはできなかった。

　隈ができているのは確認していないが、睡眠時間が三時間を切る日が三日続いているのは事実だ。さすがに疲れを実感しているし、食欲もなくなってきた。けれど、それも今日で終わりだ。明け方近くに、どうにか日比野に届けられるだけの資料が揃った。それを出勤前に日比野の事務所に立ち寄り、ポストに放り込んで来たのだ。役に立つかどうかわからないが、自分にできることはしたと、独りよがりの満足感に浸っていたところだった。

「途中で電話が入ったから、ついね。その分は今日の夜に取り戻すから」

「絶対ですよ?」

念を押すように問われ、雄生は約束すると請け負った。三つのうちの一つが片づいたのだから、今日からはちゃんと食事も睡眠も取るつもりでいた。これ以上、体調の心配をされることはないと、このときはそう思っていた。

けれど、その日の夕方、事情が変わった。

「蓮沼さん、すみません」

息せき切って、大橋が部屋に駆け込んできた。その表情からは、ただならぬことが起きたのだという、緊迫した雰囲気が感じ取れた。

だが、ここで込み入った話はできない。まだ終業時間が来ていないから、室内には蓮沼のチームメンバーがいるのだ。雄生は腰を上げ、大橋を促して廊下へと移動した。

「何かあったのか?」

問いかける雄生に対して、大橋は言いづらそうにしながらも、話さなければ始まらないと口を開く。

「『モリタ』から、うちが開発中の新味そっくりの新商品がでました」

大橋の強張《こわば》った表情の理由が、この言葉でわかった。『モリタ』は菓子業界で三本の指に入る大手企業だ。スナック菓子もたくさん出していて、『サンセイ』のものとよく似た商品はこれまでにもあった。

だが、今回ばかりはそうも言っていられない。『えびちっぷす』は『サンセイ』の主力商品で、社内で一番の売り上げを誇っている。業界で最初にこのタイプの菓子を出したのは、『サンセイ』だった。だから、新しい味を出すのも、うちが最初でありたいというのが、社としての願いだった。

大橋の説明では、今日、都内の一部で先行発売されたばかりで、ライバルの動向は常に気を配るから、すぐに買ってきて試食をしていて気づいたのだと言う。

こんな話を廊下の立ち話で済ませるわけにはいかない。雄生は近藤に後のことを頼んでから、大橋とともに村上チームの部屋へと向かった。

「それで、どれくらい似てるんだ?」

部屋に着いてから、自分でも確認したいと雄生は大橋に尋ねた。

「これです。まず食べてみてください」

大橋が指し示したテーブルには、薄いピンクベージュの見覚えのない袋があった。手にとってよく見ると、『モリタ』の文字が記されている。

雄生は袋を開け、一つ摘んで口に放り込んだ。発売中に限り、自社製品のものは口にしているが、この味付けはまだなかった。

「確かにブラックペッパーがよく効いているが、うちのもこうなのか?」

雄生は不安そうに見つめる大橋に尋ねた。開発中だから、担当するチームに入っていなければ、未発売の商品の味は知らない。だが、ブラックペッパー味として売り出すことだけは知識として知っていた。

「かなり似ています。俺たちは昨日、全員で試作品を食べたばかりなので……」

その全員が皆、雄生の周囲に集まり、大橋と同じように落ち着かない表情をしている。似た味だという感想は、全員に共通した意見のようだ。

「どうしましょう?」

大橋が代表して、雄生に対処法を求めてきた。リーダー不在のときに不測の事態が起き、大橋だけでなくみんなが動揺している。こういうときのまとめ役として、雄生が助っ人に駆り出されたのだ。ここは雄生が指揮を執るしかない。

一年も経てば、この味も定着するだろう。そうなったとき、似た味を発売したところで、目新しさはなくなり、二番煎《せん》じと言われかねない。後発の『サンセイ』が不利になるのは、今から目に見えていた。

「開発チームの意見を聞きたいな」

雄生はそう言って腕時計を見た。もうすぐ五時になる。開発室は埼玉にある工場内に設置されているから、今から向かうと大幅な残業になるのは確実だ。

「俺と大橋で今から開発に行こう。それから、他のみんなはこの商品のＣＭや広告を調べてくれ。そろそろテレビスポットも流れるだろう。それから市場調査。せっかくサンプルがあるんだ。この味に対する世間の評価が知りたい」

居並ぶメンバーに、雄生はてきぱきと指示を出していく。何もしないでいるとマイナスなことばかりを考えてしまうだろう。だから、やるべきことがあるのだと、不安を打ち消すために皆を動かすことにした。


会社に戻ってきたのは午後十時を過ぎていた。直帰しなかったのは、まだこれから対策を練る必要があるからだ。残っていた村上チームのメンバーもまだ帰っていない。

タクシーを降り、本社ビルを見上げると、窓の明かりはほとんど消えている。

「蓮沼さん」

ビルに入る直前、思いがけない声が雄生を呼び止めた。

「君、どうしたんだ?」

雄生は足を止め、近づいてきた日比野に問いかけた。日比野は答える前にチラリと雄生の後ろに視線を巡らす。そこには大橋がいた。

「先に行っててくれ。すぐに追いかける」

「わかりました」

頷いた大橋が立ち去るのを待って、雄生は再び問いかける。

「こんなところで何をしてるんだ?」

「何って、蓮沼さんに会いにです。まだ残業をしてれば会えるんじゃないかと思って……。今、電話をしようとしてたところでした」

「そんなことをしている場合じゃないだろう」

雄生は思わず声を荒げてしまった。忙しさが雄生から余裕を失くしていたのだろう。初めて見せる雄生の態度に、日比野が驚いた顔で咄嗟《とっさ》に言葉が出ないようだ。

夜のオフィス街、二人の周りだけ、妙に静けさが訪れていた。

「すみませんでした。今日の資料のお礼が言いたかっただけなんです」

「いや、俺も大人げない態度ですまなかった」

少し落ち着きを取り戻し、雄生も日比野に頭を下げる。

「まだこれから仕事ですか?」

日比野が心配そうに問いかけてくる。

「もう少しだけ残った仕事を片づける」

部外者に詳細は言えない。ましてや、トラブルがあったことなど言えるはずもなかった。ますます心配をかけてしまう。

「大丈夫ですか?　なんだか、顔色が悪いように見えますけど……」

「顔色も何も、こんな薄暗い中じゃ、よく見えるはずがないだろう」

雄生は笑顔を作り、気のせいだろうと答える。昼にも松岡に指摘されたばかりだから、おそらく疲労と睡眠不足が顔に出ているのだろう。だが、それを日比野には気づかせたくなかった。

「君のほうこそ、ちゃんと眠っているのかい?　君は夢中になると昼も夜も関係なくなるからね」

「気をつけます」

日比野がにっこりと笑って、素直に雄生の忠告を受け入れた。

「それじゃ、まっすぐ帰るようにね」

時間があるのなら、ゆっくりと話したいところだが、雄生は大橋を待たせているし、日比野も忙しい合間を縫ってのことだ。だから、別れを切り出すのは年上の雄生の役目だと、先に背中を向けた。

「あまり無理をしないでくださいね」

最後まで雄生を気遣ってくれる日比野に、雄生は一瞬だけ、振り返りわかっていると右手を軽く挙げて見せた。少しでも余裕のある態度を見せたかったのだ。

日比野を窘《たしな》めたものの、ほんの少しでも顔を見られたことは嬉しかった。どたばたした今日の疲れが吹き飛ぶような気がしていた。


それからの三日間は、まさに奔走という言葉がぴったりだった。自分のチームに顔を出す暇もないくらいに、村上チームの対策に走り回っていた。自分のチームは大きな動きがあるときではないから、それぞれに仕事を割り振っておくことで凌《しの》いだ。

「蓮沼さん」

廊下で水野と松岡に呼び止められたのは、その間のことだ。

「ああ、悪いな。そっちに顔を出せなくて」

雄生は面倒をかけていることを詫《わ》びた。

「そんなことはいいんです」

二人は声を揃えてそう言うと、じっと雄生の顔を見つめる。

「ちゃんと寝てますか？」

「ご飯、食べてます？」

二人の矢継ぎ早の質問に、雄生は苦笑いを浮かべるしかない。

「顔色、ますます悪くなってますよ。私、大橋さんに言ってきます。これ以上、蓮沼さんに頼るなって」

「おいおい、松岡くん」

雄生は気色ばむ松岡を慌てて宥《なだ》めた。

「心配かけてすまなかったが、明日の午後にはもう戻れそうなんだ」

「ホントですか？」

「ああ。村上さんの退院が決まったと俺もさっき聞いたんだ」

「よかった」

松岡と水野が顔を見合わせて、ホッとしたような安堵の声を漏らした。

事実、二人にそう言ったとおり、翌日の午後、雄生は村上チームの助っ人、最後の日を迎えていた。

「本当に世話になったな」

村上が雄生の肩を力強く叩いた。

今日が村上の復帰初日だった。だが、今回のアクシデントで、村上は退院を予定よりも早めに切り上げたせいで、車椅子を使っている。

「いえ、俺は橋渡しをしただけですよ」

雄生は本心からそう言った。『モリタ』と新味が被った件については、まだうちが試作品だったことから、急遽《きゆうきよ》、味を変更することになったのだ。被っただけなら、そこまでは考えなかったのだが、『モリタ』の新商品についての市場調査の結果が芳しくなかった。好き嫌いがはっきりと分かれたのだ。『えびちっぷす』は全年齢を対象に昔から親しまれている商品だ。それでは、狙《ねら》いと外れてしまう。そのことを雄生が村上に伝え、村上の病室で開発メンバーを加えて会議をした結果、味を変えると決まったのだ。

「そんなむかつく謙遜《けんそん》するなっての」

村上は退院してきたばかりとは思えないほどの元気のよさで、豪快に笑う。村上のこの豪快さが、部下を率いるリーダーシップとなっていた。雄生とは全く違ったタイプだ。

「お前が早急に手を打ってくれたおかげで助かったのは事実だからな。今度、きっちり礼はする。朝まで飲もう」

「朝までは遠慮しますが、楽しみにしてます」

雄生は引き継ぎを終え、ようやく助っ人から解放された。これでやっと一つのことに集中できる。雄生の足は自然と速くなった。

「お帰りなさい」

「お疲れさまでした」

部屋に帰った雄生を、メンバーたちが労いの言葉で出迎えてくれる。やはりここが自分のベースとなる場所だ。張りつめていた緊張が一気に解ける気がした。

「ただいま、みんな。長い間……」

雄生は最後まで言い終えることができなかった。目眩《めまい》がしたかと思うと、グラリと体が揺らいだ。

どこか遠くで女性の悲鳴が聞こえた気がする。それが自分の倒れたことによるものだと気づいたのは、床に寝転がったことで、幾分、目眩が収まったからだった。

「大丈夫ですか、蓮沼さん」

近藤を筆頭に全員が倒れた蓮沼の元に駆け寄ってくる。

「あ、ああ。騒がせてすまない」

かろうじて声を出すことはできたが、これ以上、心配はかけたくないのに、まだ起き上がることができない。

「やっぱり無理しすぎだったんですよ」

「すぐに病院に行きましょう」

水野と松岡にまくし立てられ、雄生は力なく笑う。

「病院なんて大げさだよ」

「起き上がれない人が何を言ってるんですか」

その指摘に対抗しようと、雄生はなんとか体を起こしたものの、立ち上がるまでには至らなかった。

「とりあえず、医務室に行くっていうのは？」

騒ぎ立てる女性陣を制して、近藤が冷静な提案をしてきた。

「そうね。医務室でも点滴くらいはできるし……」

水野が賛成し、他のメンバーからも異論はなかった。そして、チームを代表して、一番体格のいい宮脇が、雄生を医務室に運ぶ役目を任された。

「今日も私たちで頑張りますから、蓮沼さんは来週からチーム復帰してください。それでちょうど二週間です。私たちもそれくらいの期間は覚悟してましたから」

部屋にいる全員が水野の言葉に頷く。今日が金曜だから、明日、明後日でゆっくり体を休めろということのようだ。

平気だと強く反論できなかった。実際に自分でも不調は感じていたし、今、一人で歩けと言われても、その場に崩れ落ちるだろうという不安もあった。何より、ここまで心配させたことが申し訳なかった。

「すまない。これじゃ、リーダー失格だ。みんなをこんなに心配させるなんて……」

「そうですよ」

松岡はわざと怒ったような顔をしてから、すぐに笑顔を見せた。

「だから、月曜日には元気な蓮沼さんに戻ってくださいね」

「ありがとう。もう一日、みんな、頼むよ」

「任せてください」

力強い言葉が頼もしく響く。雄生は安心して休めそうだと思った。

大事にはしたくなかったのだが、一人では歩くことができず、結局、宮脇の肩を借りて、社内の医務室を訪ねた。疲労と睡眠不足だという自分の見立てに間違いはなく、その場で点滴を受け、そのまま夕方まで寝かせてもらった。

雄生が帰宅したのは、結局、夕方になってからだった。初めて利用した医務室のベッドはなかなか心地よく、途中で目覚めることなく、三時間も熟睡してしまった。だが、そのおかげではっきりと自覚できるほど、体が楽になった。それでも念のためにとマンションまで電車ではなく、タクシーを使った。

まだ日が沈みきらないうちに帰るのは、ずいぶんと久しぶりの気がする。雄生は妙な感慨深さを覚えながら、タクシーを降りた。

マンションのエレベーターで、自分の部屋のある五階まで行き、廊下に降り立った瞬間、雄生は動きを止めた。

「君、どうして……?」

雄生は驚いて言葉を詰まらせる。雄生の部屋の前に日比野が立っていた。

「とりあえず、中に入れてください」

「あ、ああ」

何故《なぜ》だか、表情の険しい日比野に戸惑いながら、雄生は鍵《かぎ》を開けた。

早朝から締めきったままの部屋は、籠もった空気が蒸し暑い。雄生は部屋の奥まで進み、エアコンのスイッチを入れた。その間も日比野は何も言わない。

わざわざ訪ねてきたくらいだ。用があるのは日比野のはずなのに、沈黙に耐えきれずに雄生

L

から話を振った。

「暑かっただろう。何か冷たいものでも……」

「いいから、座ってください」

強い口調で日比野に遮られ、雄生は戸惑いを覚えつつも、日比野に腕を引かれ、ソファに隣り合って座った。

「まずはありがとうございました」

日比野が頭を下げる。

「蓮沼さんの資料のおかげで、俺なりに満足のいくコンペができたと思います」

「もう終わったのか?」

そう問いかけながら、檜垣が来週だと言っていたのは先週だったと思い出す。正確な日程を聞いていなかったから、自分の忙しさにいっぱいになっていて、日比野のコンペのことを考える余裕がなかった。

「結果はまだですけど、コンペは今日でした」

「そうか。お疲れさま。少しでも役に立ったのならよかった」

雄生はほっと安堵《あんど》の声を漏らした。

「そうじゃないでしょう」

日比野はさっきよりもさらに表情を険しくして、きつい口調で詰め寄ってきた。たった五ヵ月の付き合いでは、知らない顔があるのも無理はないが、日比野が怒りを露《あら》わにしたところは初めて見た。そして、その怒りは雄生に向けられているものだ。

だが、雄生にはその理由がわからない。黙って続く言葉を待った。

「どうして倒れるまで無理をしたんです？　会社の仕事だけでも掛け持ちで大変だったっていうじゃないですか」

「どうしてそれを……」

ほんの数時間前のことを、どうして部外者の日比野が知っているのか。雄生の疑問は日比野がすぐに解消してくれた。

「さっき電話をしたんです。そうしたら、体調不良で早退したって聞かされて、おまけに医務室で点滴まで受けたって……」

雄生は舌打ちしそうになるのをどうにか堪える。早退したことを伝えるまではいいとしよう。だが、体調不良を取引先の人間にべらべらと話してどうするのだと、顔を顰めるしかない。

「みんなが大げさに言っただけだよ」

「でも、全部、事実でしょう？」

言い訳は聞かないとばかりに念を押され、雄生は仕方なく頷いてから、

「何か、君の役に立ちたかったんだ。君が忙しそうにしていたから、資料を集める時間もないんじゃないかと思って……」

「俺が忙しいのは自業自得です。急にコンペに参加しようとして、準備不足で挑んだ自分が悪いだけなんですよ。蓮沼さんの手を煩わせるつもりなんてありませんでした」

今の日比野はさっきまでの怒りよりも、諭すような口調に変わっている。雄生の気持ちを理解してくれた上で、それでもまだ無理をした雄生を咎めずにはいられないといった態度だ。

ただ、日比野のために何かできないかと思っただけだった。それがこうして負担に感じさせる結果となってしまったことに、雄生は瞳を伏せ項垂《うなだ》れた。

「俺は蓮沼さんの恋人じゃないんですか?」

唐突な問いかけに戸惑いながらも、雄生は黙って頷く。

「だったら、俺にも心配させてください。それに大変なときは大変だと、俺にくらいは言ってください。何もできないかもしれませんけど、それでも蓮沼さんのことは何でも知っておきたいんです。倒れるまで何も知らないでいるなんて……」

いつになく饒舌《じょうぜつ》で、早口になって自分の気持ちを一気に話す日比野の姿に、雄生は自分の独りよがりの痩せ我慢が、どれだけ日比野の心を痛めていたのか気づかされた。雄生が恋人だから日比野のために何かしたいと思ったのと同じように、日比野もまた雄生のためにできることを考えてくれている。

「すまない」

そんなありきたりな詫びの言葉しか出てこない。雄生は情けない思いで俯《うつむ》いたままだった。

「俺のほうこそ、すみませんでした」

やっと日比野の声が和らいだのに気づき、雄生は顔を上げる。

「こんなに心配させるなら、ちゃんと話しておけばよかったです」

「ちゃんとって、何を……？」

「俺がいくつもの仕事を同時に並行してやってたのは、蓮沼さんも今が忙しいって聞いたから、それに合わせてただけなんです」

予想外の言葉に、雄生は首を傾《かし》げる。

「どういう意味だ？」

「コンペはたまたま被っただけですけど、それ以外は計画的に忙しくしてました。同じ時期に仕事を詰めてしておけば、蓮沼さんが落ち着いたときに、俺にも余裕ができてるでしょう？」

思いこみかも知れないが、日比野が愛《いと》おしいものを見つめるような瞳を、雄生に向けている。言葉だけでなく、その瞳ででも想いを伝えようとしている。雄生はそう感じた。

日比野がそこまで考えてくれていたとは思ってもみなかった。自分の想いのほうが強くて、日比野に想われている自信がなかったからだ。日比野は今、そんな不安をはっきりと言葉にすることで、打ち消してくれた。

「せっかく蓮沼さんに会うなら、仕事のことなんか気にしないで、ゆっくりと過ごしたいじゃないですか」

「ありがとう、日比野くん」

「俺が勝手にしただけで、お礼を言われることじゃないですよ」

日比野はそこまで言ってから苦笑する。

「でも、お互いに言葉が足りなかったってことですね」

「そう、みたいだ」

付き合い始めてまだ五ヵ月弱しか経っていないし、二人きりで過ごした時間はそう多くない。想う気持ちばかりが強くなって、言葉で伝えることを忘れていた。

「これからは、仕事のことでも何でも、話すようにしますから、蓮沼さんも……」

「ああ。遠慮せずに話すようにしよう」

「遠慮してたんですか?」

驚いたように問いかける日比野に、何でも話すと約束したばかりの雄生は、気恥ずかしさを押し隠して口を開く。

「君に好かれたくて、物わかりのいい、大人の男のふりをしようとしたんだ」

「だから、言いたいことも言わなかった？」

「呆《あき》れたかい？」

　雄生は視線を逸《そ》らして頷いてから、問い返した。

「いいえ、やっぱり可愛い人だなあって、改めて思いました」

　にっこりと笑う日比野に、雄生は照れくささを感じつつも、嬉しさを隠せない。無理をして大人の男になりきろうとしたが、それは必要ないのだと、日比野が教えてくれた。

「それじゃ、俺から言いたいことを言いますね。今日は安静にして、ゆっくり眠ってください」

「もう帰るのかい？」

　雄生は咄嗟《とっさ》に日比野の腕を摑《つか》んでいた。せっかく久しぶりに二人きりになれたのだ。このまま帰ってもらいたくない。もう遠慮しなくてもいいと言われたばかりなのだ。雄生が想いを伝えようと口を開きかけたときだ。

「帰れと言われても帰りませんよ。蓮沼さんがちゃんと寝るように見張ってます」

　雄生が摑んだ手の上に、日比野が手を重ねる。二人きりになるのも久しぶりなら、こうして肌の温かさを感じるのも久しぶりだ。

「見張る……だけ?」

触れた場所から体が熱くなる。恥ずかしいと思うよりも、日比野を求める気持ちが勝り、言葉以上のことを日比野に訴えた。

「ものすごく我慢してるんですから、誘惑しないでください」

日比野が苦笑して、雄生を押し返してきた。

「ここで蓮沼さんに無理をさせたら、せっかく情報をくれた松岡さんに顔向けができませんから」

社外の人間に、点滴を受けたことまで話したのは、松岡だったらしい。だが、あれだけ心配してくれていた彼女を怒る気にはもうなれなかった。おかげでこうして日比野とわかりあうことができたのだから。

「さあ、ベッドへ行きましょう」

日比野に促され、雄生は寝室へと移動し、それから優しい恋人に見守られながら、眠りについた。

思いの外、長く寝過ぎてしまった。目覚まし時計はかけていなかったが、いつもどおりの時刻に起きられると思っていたのに、目覚めたときには午前九時を過ぎていた。

だが、そのためだろう。昨日の不調が嘘のように体が軽い。雄生は体を起こし、カーテンが閉まっていて薄暗い室内を見回した。眠る前のことははっきりと覚えている。このベッドのそばに、日比野が腰を下ろして見守ってくれていたのだ。その日比野の姿はなかった。

さすがにもう帰ったのかもしれない。そう落胆しかけたが、リビングのほうから何か物音がする。

雄生はベッドから抜け出し、リビングへと続くドアを開けた。

「あ、おはようございます。もう起きちゃったんですね」

リビングとキッチンの間を移動していた日比野が、雄生に気づき、声をかけてきた。

「何をしてるんだい？」

「今日からはちゃんと食事をしてもらわないといけませんからね」

その言葉にリビングのテーブルを見ると、コンビニで買ってきたらしい、サラダやパンが並べられている。それが雄生の気づいた物音の正体だったようだ。

「座っててください。今、コーヒーを入れますね」

日比野はかいがいしく、雄生の世話を焼く。もう体調は回復しているのだが、楽しそうな日比野の様子に、雄生はおとなしくリビングのローテーブルの前に座った。

出来合いばかりとはいえ、日比野と向かい合ってする食事は、一層、美味《おい》しく感じた。おかげで並べられたものを全て平らげるほどだ。

「顔色もいいし、しっかり食べたし、もう完全復活ですね」

「ああ。心配をかけてすまなかった」

日比野の問いかけに、雄生は頷き、それから再び謝った。

「それじゃ、そのお詫びにいいですか?」

「お詫び? それは俺にできることなら……」

心配をかけた分だけ、雄生は償いたいという気持ちはあった。それを素直に伝えると、

「昨日はできなかったんで、今からしたいんですけど」

「今からって、何を?」

問い返す雄生に、日比野はにっこりと笑い、それから爽やかな笑みとは対照的な言葉を口にした。

「あなたを抱きたいんです」

まっすぐに瞳を見つめられ、雄生は言葉を失くす。起きたのが九時過ぎだったから十時にはなっているが、それでもまだ朝のうちだ。頭の固い雄生にはどうしても性行為は夜にするものという思いがあり、素直に応じることができない。

そんな雄生の戸惑いを見透かしたように、日比野がテーブルに身を乗り出し、顔を近づけてくる。

「朝にするって、妙に興奮しません?」

日比野の笑顔の中に、普段は隠している男の色香が滲《にじ》み出す。

この時間、平日なら会社で働いている時間だ。近くには子供がよく遊んでいる公園もあり、窓を開ければその声も聞こえてくるはずだ。そんな中で抱き合おうというのだから、嫌でも背徳感が押し寄せ、それが妙な興奮を促す。催促するような日比野の視線を受け、鼓動が速くなり、体温が上昇していく。

「シャワーを浴びてくる」

いたたまれなくなった雄生は、顔を伏せて日比野から視線を逸らし、足早に浴室へと急いだ。今日は前回のように引き留められることはなかった。

服を脱いでバスルームに入るまでは早かった。だが、いざ、シャワーを浴び始めると、日比野が待っているから早くしなくてはという思いと、だからこそ念入りに洗っておきたいという思いが混ざり合い、ただ体を洗うだけのことにやたらに時間がかかってしまった。

それでもどうにか全身をくまなく洗い流し、腰にバスタオルを巻いた姿で浴室を出たときには、十分と経っていなかった。

「日比野くん、君もシャワーを……」

リビングにいるはずの日比野に声をかけながら、そこへ向かおうとした雄生は、ソファに座る日比野の姿に息を呑《の》んだ。

日比野はジーンズは穿《は》いているものの、既に上半身は裸になっていたのだ。露出度は雄生のほうが高いのに、日比野のほうが淫《みだ》らに感じるのは、自分の気持ちのせいだろうか。

「俺はいいです。昨日、蓮沼さんが寝た後に借りましたから」

「あ、ああ。そうだったのか」

できるだけ自然になるように答えたつもりだったが、声が喉《のど》に引っかかる。それを日比野にクスッと笑われた。

「蓮沼さん、ちょっと……」

日比野が笑顔のままで雄生を手招きする。雄生は誘われるまま近づいていく。

「今日もここでしましょうか」

その言葉に雄生は自分の周りを見回した。日比野がソファでしようと誘っているのはわかる。だが、前回と違い、今は寝室に移動するだけの余裕がないようには見えない。

「ここのほうが、よりいけないことをしているような気分になるでしょう?」

雄生が午前中から抱き合うことに戸惑っていることを、日比野は完全に見抜いていて、さらに煽《あお》るためにだろう、思い知らせるように言った。

カーテンは日比野によって開け放たれていて、窓からは青空が見えている。寝室なら窓も小さいし、厚いカーテンを引いたままだから、午前中だということを忘れてしまえたかもしれないのに、日比野はそれを許さなかった。

雄生の返事を待たずに、日比野は腰のバスタオルを剝《は》ぎ取った。立ったままだったから、重力に従いタオルはすとんと足下に落ちる。

太陽の光が差し込む部屋で、雄生だけが全裸を晒《さら》している。一気に羞恥《しゅうち》心が押し寄せてきた雄生は、日比野の前を通り過ぎ、窓際へと向かった。せめてカーテンくらいは閉めようと思ったのだ。

「駄目ですよ」

日比野は言葉で雄生を留めただけでなく、背中から抱き締めるようにして、雄生の動きを封じ込めた。

「ひ、日比野くんっ」

全裸で窓際に立たされた雄生は、恥ずかしさのあまり、震える声で名を呼んだ。

「大丈夫ですよ。ここより高い建物ってありませんから」

日比野は安心させるようにそう言った。確かにこの辺りは住宅街で、マンションもここより高いものはない。それにベランダにはコンクリートの手すりがあるから、下からは見上げても、室内の様子を見られる心配もない。だが、それでも落ち着かなさは消えなかった。

拘束していた日比野の手が緩むと、雄生はすぐさま体の向きを変え、窓を背にした。室内を向いているほうが、まだマシだと思ったのだが、そうすれば日比野と向き合ってしまうことを忘れていた。

「青空をバックにした、蓮沼さんのこういう姿なんて、見られるのは俺だけなんだろうなぁ」

全身を視線の愛撫《あいぶ》が這《は》い回る。それだけで体は熱くなり、中心に熱が集まっていく。

「……っ……」

不意に伸ばされた手が、雄生の胸の尖《とが》りを掠《かす》めた。雄生は息を詰め、身を竦《すく》ませる。

「ソファでしようかと思ったけど、やっぱりここでします」

「冗談……だろう?」

こうして裸で立っているだけでも、激しい羞恥に目眩さえしそうなのだ。それなのに、このままここで行為に及ぶなど、雄生の常識では考えられないことだ。

「本気ですよ。だって、蓮沼さん、いつもより興奮してません?」

日比野の視線が、雄生の顔から徐々に下へと落とされていく。それが止まった先には、僅《わず》かに昂《たか》ぶりを見せ始めた雄生の中心がある。

「だから、いいですよね？」

　許可を求める問いかけに、答えは必要なかった。日比野が顔を近づけてきて、唇を塞がれる。抗《あらが》わないのが、了解の返事になる。

　日比野と付き合うまでは、自分のキスのテクニックに、それなりの自信を持っていた。だが、日比野と経験してからは、そんなものが何の役にも立たないことを知った。技術は気持ちに負け、日比野から与えられるものを全て受け入れようと、なすがままになってしまうのだ。

「ん……ふぅ……」

　激しく貪《むさぼ》られ、一瞬でも唇が離れると呼吸を求めて、熱い息が漏れる。雄生は縋《すが》るように日比野の背中に手を回した。

　ようやく解放されたときには、すっかり息が上がっていた。さらに全身を上気させただけでなく、密着した体の間では、雄生の昂ぶりが熱く猛《たけ》っている。

「なんか、自信持っちゃうなぁ」

　キスの感想にしては妙な言葉に、雄生は潤んだ瞳で日比野を見つめる。

「キスだけでこんなになってくれたんでしょう？」

　それが何を意味するのかは、日比野の手が教えてくれる。震える屹立《きつりつ》を撫でられては、誤魔化しようがない。

「君だからだ。他の誰としてもこんなには……」

「駄目ですよ。そんなこと言ったら、悪い男につけ込まれます」

「悪い男って、君のことかい？」

子供を優しく叱《しか》る親のような顔をする日比野がおかしくて、雄生は口元を緩めて問いかけた。

「もちろん、俺のことです。どんなことしようかって、ものすごくいやらしいことを考えてますからね」

想像を掻《か》き立てる言葉に、ますます体が熱くなる。日比野になら何をされても構わない。どんなことでも受け入れられる。雄生はその気持ちを伝えようと口を開きかけた。

「俺になら、何をされてもいいって思ってるでしょう？」

日比野に先回りして尋ねられ、雄生は素直に頷いた。

「それじゃ、今日は俺が全部していいですね？」

「今日だけじゃないだろう。いつもしてもらってばかりだよ」

「そうでしたっけ？　いつも夢中になってるからなぁ」

照れくさそうに頭を掻く日比野の姿に、雄生の顔から自然と笑みが零れる。自分のような体でも夢中になってもらえるのが嬉しかった。

「そんな余裕の態度、すぐにできなくしてあげますからね」

宣戦布告のような言葉の後、日比野はすぐそれを実行に移した。

「んっ……」

中心に添えた右手は動かさず、左手が再び胸へと伸ばされた。既に硬く芯《しん》を持った小さな飾りが、日比野の指先に押し潰《つぶ》され、甘い吐息が漏れる。

「ホントに感じやすいですね」

笑いを含んだ声で指摘され、恥ずかしくて首筋まで赤くなる。そして、それは太陽の光によって日比野の視界に全て収められている。何も身につけていないから、赤くなった肌も隠しようがなかった。

「ホント、蓮沼さんってかわいい、かわいすぎます」

うっとりしたような、どこか嬉しそうに響く声が雄生を嬉しがらせ、さらにもっと喜ばせる言葉が続く。

「お願いですから、こんなかわいいところは、他の誰にも見せないでください」

「君だけだ。君だけが知っていてくれればいい」

本心からの告白は、今日、二度目のキスで応《こた》えられた。雄生も日比野の首に手を回して受け止める。

キスをしている間も、日比野の指は胸を弄《いじ》くるのをやめない。余裕の態度を失くすといった言葉どおりに、雄生だけが一方的に高められていく。余裕など始めからなかったのだ。雄生はすぐに快感に呑み込まれる。

「やぁ……」

唇が離れた隙《すき》を狙って、雄生は酸素を求めるために口を開いたのだが、中心に手を添えられ、呼吸の代わりに甘い喘《あえ》ぎを吐き出してしまう。

日比野は二ヵ所を同時に攻め始めた。胸の尖りはジンとした痺《しび》れを感じるほどに擦り上げられ、中心は緩急をつけて扱《しご》かれる。それだけでももう限界だったのに、日比野はさらに思いがけない行動に出た。

「君、何を……？」

突然、その場にしゃがみ込んだ日比野に、雄生は戸惑いと驚きを隠せない。

日比野は床に膝《ひざ》を着いた。限界を訴える雄生の中心が、日比野の目の高さになる。この体勢が逆なら、この先を想像するのは容易だ。口で愛撫するのに適した格好なのだ。

だが、日比野はゲイではない。男と付き合うのは雄生が初めてだ。だから、これまで手でしてくれたことはあっても、口での愛撫はなかった。できなくても当然だと思っていたから、要求をしたこともなかった。

中心に手を添え、顔を近づけてくる日比野の頭を雄生は手で押さえた。

「無理はしないでくれ」

「無理じゃありません。蓮沼さんの全てを愛したいんです」

そう言うなり、日比野は口を開き、雄生の昂ぶりを口に含んだ。

「……っ……」

雄生はその瞬間、顔を逸らせ、息を呑んだ。手とは違い、柔らかくて熱い感触に、それだけで達してしまいそうになる。

初めてのはずなのに、日比野は巧みな愛撫で雄生を追いつめる。口を窄《すぼ》めて喉の奥まで引き込んだり、舌を絡ませたりと、一つ一つの動きが雄生の口から嬌声《きょうせい》を溢《あふ》れさせる。

「も……うっ……」

雄生はこのままでは日比野の口の中で達してしまうからと、離してほしいという願いを伝えたつもりだった。けれど、言葉は満足に紡げず、むしろ日比野に先を望むようにさえ聞こえてしまったらしい。

「あぁ……」

解放の瞬間を日比野の口中で迎え、雄生はいたたまれない思いとかつてない興奮で、達したというのに動悸《どうき》が収まらない。

萎《な》えた中心を口から引き抜いた日比野が顔を上げる。俯いていた雄生と視線が絡み合った。

日比野は雄生から目を離さず、雄生の視線を意識した上で、口中のものを嚥下《えんか》した。何が入っていたのかは、考えるまでもない。一旦《いったん》、収まったはずの熱が一瞬で蘇《よみがえ》る。

「苦いですね」

およそ美味いとは言えない味に、日比野が顔を顰める。

「そんなことまでしなくてよかったのに……」

「してあげたかったんじゃなくて、俺がしたかっただけですよ？　蓮沼さんが恥ずかしそうにしている姿に、すっごくそそられるんです」

日比野はその証拠を見せようとばかりに、立ち上がってから雄生の手を摑んで自らの中心へと導いた。

「あっ……」

ジーンズを押し上げるほどの昂ぶりに触れ、雄生は声を上げた。

「俺もいいですか？」

熱い声で問いかけられ、雄生は応えようとジーンズのボタンを外した。自分が受けたのと同じだけの快感を返したかった。

「えっと、こっちがいいんですけど」

日比野は雄生の背後へと手を回す。そして、双丘を撫でながら、その狭間《はざま》にも指を這わせた。

中心を愛撫されることよりも、日比野は繋《つな》がることを求めている。雄生に異論などあるはずもない。こくりと頷いた雄生に対して、

「それじゃ、後ろを向いてもらっていいですか？」

「後ろって……、まさかこのままで？」

「そのほうがより深く俺を呑み込んでもらえるかなって」

日比野は笑顔で卑猥《ひわい》な言葉を口にする。その表情だけなら、とても立ったままでしたいと言われているとは、到底、思えないほどの爽やかさだ。

心臓の音がこれ以上ないくらいに大きく響く。頭に血が上りすぎて倒れそうだ。限界を超えた羞恥が雄生を襲う。それでも雄生は瞳を伏せて、体の向きを変えた。

「顔が見られないのは残念ですけど、このほうがきっと楽だと思うんです」

その気遣いは別の意味でも、雄生にとってありがたかった。羞恥を感じながらも快感に喘ぐ顔を見られないで済むからだ。

けれど、それが間違いだと気づいたのはすぐだった。日比野に腰を掴まれ、臀部《でんぶ》を突き出すような格好を促される。自分がどんな姿を晒しているのか、見えないだけに想像が膨らみ、羞恥心を増大させた。

「ふう……」

濡れた指が双丘の狭間を上からなぞっていく。動きは見えなくても、その指にローションのようなものが塗られているのは感触でわかる。どうやらジーンズのポケットにでも忍ばせていたようだ。用意周到なのが日比野らしい。

後孔を捉《とら》えた指が、固さを解すようにやわやわと撫で始める。もどかしいながらも、普段は人に触れられることのない場所を触られているというだけで、ゾクゾクとする快感が背筋を駆け抜ける。

「あっ……はぁ……」

指の動きに合わせて、雄生の口から甘い喘ぎが零れる。まだ中を弄られたわけでもないのに、腰を揺らめかすほどに感じていた。

「これだけでもよさそうですね」

覆い被さってきた日比野が、耳元に息を吹きかけるようにして囁《ささや》きかける。雄生はコクコクと何度も頷き、

「いい……いいから……」

「早く入れてほしい？」

淫猥《いんわい》すぎる問いかけにも、雄生ははっきりと頷いた。撫でられることにより、そこが疼《うず》き、もっと大きな刺激を求めた。

「まだですよ。ちゃんと解さないと俺のは入りません」

だからだと日比野の指がゆっくりと中へと押し込まれる。

「はぁ……っ……」

押し出されるように熱い息が漏れ、窓ガラスを曇らせる。

日比野は焦ることなく、じっくりと中を解し始める。最初は一本の指が、掻き回すように内部を探った。

抱かれた経験はまだ少なく、後ろを弄られることにも不慣れだ。その上、立った状態では初めてで、そんな雄生が到底、この激しい快感を堪えることなど無理な話だった。

窓ガラスに手を着いて支えていた体は崩れ落ちそうになり、雄生はさらに頬《ほお》を押し当てることで何とか立っていられる状態だった。

「あぁ……んっ……」

日比野は解しながらも、前立腺を擦り、雄生を昂ぶらせることを忘れない。窓ガラスも吐く息が曇らせるだけでなく、上がっていく雄生の体温によっても、白い膜を作る。

まだ午前中だということも、太陽の光に照らされていることも、雄生の頭からは消え失せていた。

「もっ……もう……」

雄生は震える声で訴えた。さっきも自分だけがイカされた。これ以上されると、今度もまた一人で達してしまう。それは嫌だった。

「わかってます。俺ももう限界です」

指を引き抜いた日比野が、その限界になった熱い昂ぶりを押し当ててきた。そして、雄生の腰を摑んで、グッと押しつけてくる。

「くっ……ああっ……」

未だに慣れない挿入の衝撃に、雄生は悲鳴のような声を上げた。けれど、この体勢のおかげで苦しげな顔だけは見せずに済んだ。

「すごくいい……」

全てを収めきった日比野が、うっとりしたように呟く。日比野が感じてくれているのなら、痛みや苦しさも我慢できる。そう思っているのに、日比野はそんな我慢を雄生に強いることはなかった。

日比野の大きさに体が馴染《なじ》むのを待つ間も、雄生を高めることをやめなかった。左手は腰に添えたままで、右手を尖った小さな胸の飾りへと移動させた。

「はぁ……」

指先で摘み上げられ、雄生は中にいる日比野を締め付ける。今やどこを触られても震えるほどに感じてしまうのに、弱い場所を攻められてはどうしようもない。

「これ、好きですよね」

弄られながらの言葉が、ますます雄生を煽る。圧迫感などとっくに感じなくなっていた。熱くなった体を鎮めるために、もっと激しい快感が欲しい。雄生は催促するように知らず知らず腰を動かしていた。

「そんなに欲しいならっ……」

日比野もまた切羽詰まっているのが、その声で伝わる。日比野は改めて両手で腰を掴み、激しい突き上げを開始した。

「あっ……やぁっ……」

揺さぶられ、快感しか伝えない嬌声が上がる。

そこからは雄生も日比野も言葉はなかった。雄生の喘ぎ以外には、二人の荒い息づかいと腰を打ち付ける乾いた音だけが、室内に響き渡る。

二度目だというのに、雄生の屹立はもう硬く張りつめ、零れた先走りが床へとしたたり落ちるほどになっていた。

「いっ、いい……。も……うっ……」

何を口走っているのかなど、雄生は気づいていなかった。理性を失った体が、勝手に声を出させているだけだ。

「一緒にイキましょう……」

日比野が雄生の中心へと指を絡ませる。

「ああっ……」

日比野のタイミングを合わせた手と腰の動きで、二人はほぼ同時に達することができた。雄生が放ったものは窓ガラスを汚し、日比野は雄生の中へと解き放つ。

全身から力が抜ける。日比野が萎えた自身を引き抜くと、雄生はその場に崩れ落ちるようにしゃがみ込んだ。

「腰が抜けちゃいました?」

背中にかけられたからかうような問いかけに、答えようにも喉が引きつり、上手く声が出せない。

「ここじゃ、腰が冷えますからね」

そう言った日比野が、雄生を横抱きにして持ち上げた。また甘やかされていると思ったが、拒むだけの体力は残っていなかった。

日比野はソファまで雄生を運び、そこに座らせると、そのままキッチンへと向かう。全裸のままの雄生とは違い、既にジーンズは元通りになっている。

「はい、どうぞ」

戻ってきた日比野の手には、ミネラルウォーターのボトルがあった。喉が渇きすぎて声が出ないことを、日比野はちゃんと気づいてくれていたのだ。

雄生が喉を潤している間に、日比野は隣に腰を下ろす。

横顔をじっと見つめられている。それはわかっているのだが、自分だけがまだ全裸なのが恥ずかしくて顔を向けられなかった。

「風呂の用意をしてきましょうか？」

汗ばんだ体を気遣って、日比野がそう申し出てきた。

「俺はまだいい。先に君が……」

「そんな冷たいこと言わないでください」

雄生の言葉を制して、日比野が上目遣いで睨《にら》んだ。

「一緒に入ればいいじゃないですか。中だって、俺がちゃんと洗ってあげますから」

思わせぶりな笑顔に、雄生は何も言えなくなる。

さっき日比野はコンドームを着けずに雄生を抱き、そして中に解き放った。用意はしているのに、ときどきわざと忘れるのだ。ナマのほうが感じるからという理由ではなく、その後の行為を楽しむためだと日比野は言っていた。中から精液を掻き出されるという行為に、雄生が羞恥のあまり涙を浮かべつつも、感じてしまう様を楽しんでいるのだ。

本当は拒否したかった。けれど、その姿がかわいくて色っぽいなどと言われれば、雄生はされるがままになってしまう。

「それとも、疲れ果てて寝ちゃうくらいまでします？　それなら寝てる間に綺麗にしておきますけど」

冗談っぽい口調だが、日比野なら本気でそうすることもできるだろう。爽やかな好青年の外見からは想像もできないほど、体力もあって性欲も強いことは、身をもって知っている。

「どうします？」

自分はどちらでもいいのだと、日比野は雄生に決断を求める。

肌を重ね合うことでも、充分に互いを感じられる。現に今、そうやって日比野の想いを伝えて貰《もら》った。だからこそ、次は違う形で日比野を感じていたかった。

「君がいるのに、また寝てろって言うのかい？　そんなもったいないことはもうしたくないんだが……」

雄生は掠れた声で本音を口にする。このままた抱かれてしまえば、きっと疲れて眠ってしまうだろう。それよりはもっと日比野と言葉を交わし、不足していた時間を埋めたかった。睡眠は昨日で充分に取れている。

雄生の体が、不意に日比野の胸元へと引き寄せられ、そして、抱きしめられた。

「やっぱり蓮沼さんには敵《かな》わないな」

苦笑混じりの声が耳元で響いた。

「何がだい？」

「そんなに俺を有頂天にさせてどうしようっていうんですか」

いつもいつも舞い上がるほど喜ばされているのは、雄生のほうだ。到底、日比野には敵わない。けれど、雄生は口を噤《つぐ》んだ。

せっかく日比野が甘えるように抱きついて来ているのだ。この感触を逃さないための大人のふりならしてもいいだろう。雄生はそう自分に言い聞かせ、日比野の背中を撫でた。

あとがき

こんにちは、はじめまして。いおかいつきと申します。このたびは、『好きなんて言えない！』を手にとっていただき、誠にありがとうございます。

この作品で自らに課したテーマは「ギャップ」でした。外見はかっこいい、仕事のできる大人の男、でも実は……、というお話です。この文庫の紹介文にも、「オトメン」という言葉が使われています。

紹介文やあらすじは、自分で考えるわけではないので、いつも出来上がってくるのを楽しみにしているのですが、今回は雑誌にコンパクトに纏《まと》められた紹介文を見て、びっくりでした。そうか、「オトメン」かと。そう表現されたことに驚きつつも、そんなキャラを書けたことを嬉しく思っています。

これまでは、比較的、強気な受や強い受、なんだったら、もう攻同士というような話を書く機会が多かったので、非常に新鮮でした。どんな具合にオトメンなのかは、先に本文をお読みいただいた方はもうおわかりでしょうが、これから読まれる方は、是非、その辺りを念頭に置いてお楽しみください。

一方、攻に関しては、エロ爽《さわ》やかを目指しました。どんなにエロいことをしても、エロい言葉を口走っても、爽やかにしか見えないという青年にしてみたかったんですが、さて、いかがだったでしょう？

そして、また誰から見てもいい男になるようにしようと思って書いてたんですが、書き終わってみると、ちょっとずるい男だったかも、と思ったりもしています。もっとも、これくらいのほうがオトメン（この響きが楽しいので何度も使います）な彼には、きっとちょうどいいはずです。


さて、今回、他にも初のものがあります。それは攻の職業。キャラクターデザイナーです。デザイナーと名の付くものは、これまで極力、避けていました。何しろ、自分にデザインのセンスが皆無なもので……。

おまけに若かりし頃はキャラクターグッズも苦手でした。正直、どこがかわいいんだろうと首を傾げたりもしておりました。今でも巨大猫や巨大ネズミのよさは理解できていませんが、某ゲームの赤い帽子を被《かぶ》った髭《ひげ》オヤジを愛《め》でるようになったりしています。今も携帯電話のストラップは赤い帽子です。

そんなふうに、ここ数年でようやくキャラクターものをかわいいと思えるようになり、そういうものを自分で考えられるといいだろうなという願望もあって、攻の職業が決定した次第です。

デザインの仕事をしている友人が、雑誌掲載分の前半の話を読んだとき、似たような職種が出てきたと喜んでくれました。ただ、仕事内容の描写には触れずに、こんなかっこいい人は周りにいないという感想だったのは、きっと違和感がなかったからなのだと前向きに受け取りたいと思います。

イラストを描いてくださった有馬《ありま》かつみ様、素敵なイラストをありがとうございました。どう見ても、受と攻は逆だろうという二人は、思い描いていたイメージにぴったりでした。雑誌掲載時にも、そんな感想をいただいたりして、まるで自分の手柄のように得意になっておりました。

初めてお仕事をさせていただきました担当様、本当にすみませんでした。初《しょ》っぱなから多大なご迷惑をおかけしてしまったので、問題児を押しつけられたと後悔されているのではないかと心配です。次はもう少しマシになれるように頑張りますので、今後ともよろしくお願いいたします。

そして、最後にもう一度。この本を手にしてくださった方へ、最大の感謝を込めて、ありがとうございました。

ＨＰアドレス　http://www8.plala.or.jp/ko-ex/

二〇〇八年五月　いおかいつき

この本を読んでのご意見、ご感想を編集部までお寄せください。

《あて先》〒105－8055　東京都港区芝大門２－２－１　徳間書店　キャラ編集部気付

「好きなんて言えない！」係

■初出一覧

好きなんて言えない！……小説Chara vol.16(2007年7月号増刊)
好きにしかなれない……書き下ろし

好きなんて言えない！

【キャラ文庫】

2008年6月30日　初刷

著　者　いおかいつき
発行者　吉田勝彦
発行所　株式会社徳間書店
〒105-8055　東京都港区芝大門2-2-1
電話048-451-5960(販売部)
03-5403-4348(編集部)
振替00140-0-44392

印刷・製本　図書印刷株式会社
カバー・口絵　近代美術株式会社
デザイン　海老原秀幸

ISBN978-4-19-900484-1

好評発売中

いおかいつきの本
【美男には向かない職業】
イラスト◆DUO BRAND.

先にSEXで音を上げたほうが、持っている情報を話す――夜のクラブに潜入した情報屋の真宏《まひろ》は、同じ標的《ターゲット》を監視している男と出会う。情報の探り合いからその男・尚徳《ひさのり》をホテルへ誘うが、挑発したはずのつもりがなんと、一方的に弄ばれる羽目に!! しかも高級ホテルでも物慣れた態度の尚徳が、実は大企業の御曹司だとわかり…!?SEXの征服者が情報を制す、アダルト・スリリングLOVE!!

好評発売中

いおかいつきの本
【死者の声はささやく】
イラスト◆亜樹良のりかず

死者の体に触れる時、その最期の言葉が聞こえる──。特殊な能力を秘め、監察医になった修吾《しゆうご》。誰にも理解されることなく、孤独に死者の代弁を続けていた修吾だが、ある事件現場で一匹狼の刑事・垣《かき》内《うち》と出会う。険しい目つきに無精髭、野性味溢れる垣内は、初対面からなぜか修吾の能力を信じ、殺人事件への捜査協力を要請してきて…!?自分の想いだけが言葉にできない──ミステリアスLOVE!!

好評発売中

いおかいつきの本
【恋愛映画の作り方】
イラスト◆高久尚子

いおかいつき
イラスト◆高久尚子
ITSUKI IOKA PRESENTS
恋愛映画の作り方
憧れの映画監督は、
クールな眼鏡のツンデレ美人!?
キャラ文庫

望月恭平《もちづききょうへい》は映画配給会社に勤める宣伝マン。次の仕事は、密かに才能に惚れ込んでいた若手監督・明神律《みょうじんりつ》の新作だ。ところがNYから招聘《しょうへい》した明神は、クールな美貌で態度は高飛車!!　芸術家肌で一切宣伝に協力してくれない。しかも恭平がゲイだと知ると、逆に「ゲイってどんなSEXをするの？」と挑発するように質問してくる。煽られた恭平はある夜、酔った勢いで明神を抱いてしまい…!?

キャラ文庫既刊

■英田サキ
【DEADLOCK】
【DEADHEAT】DEADLOCK2
【DEADSHOT】DEADLOCK3
CUT高階 佑

■秋月こお
【やってらんねェぜ！】全6巻
【セカンド・レボリューション】やってらんねェぜ！外伝
【アーバンナイト・クルーズ】やってらんねェぜ！外伝2
【酒と薔薇とジェラシーと】やってらんねェぜ！外伝3
【許せない男】やってらんねェぜ！外伝4
CUTこいでみえこ
【王様な猫】
【王様な猫のしつけ方】王様な猫2
【王様な猫の陰謀と純愛】王様な猫3
【王様な猫と調教師】王様な猫4
【王様な猫の戴冠】王様な猫5
CUTかすみ涼和
【王朝春宵ロマンセ】
【王朝夏曙ロマンセ】王朝春宵ロマンセ2
【王朝秋夜ロマンセ】王朝春宵ロマンセ3
【王朝冬陽ロマンセ】王朝春宵ロマンセ4
【王朝唐紅ロマンセ】王朝ロマンセ外伝
【王朝月下繚乱ロマンセ】王朝ロマンセ外伝2
【王朝綺羅星如ロマンセ】王朝ロマンセ外伝3
CUT唯月 一
【要人警護】
【特命外交官】要人警護2
【駆け引きのルール】要人警護3
【シークレット・ダンジョン】要人警護4
【暗殺予告】要人警護5
【日陰の英雄たち】要人警護6　CUT緋色れーいち
【本日のご葬儀】CUTヤマダサクラコ
【幸村殿、艶にて候①～③】CUT九號

■洸
【機械仕掛けのくちびる】CUT須賀邦彦
【刑事はダンスが踊れない】CUT香雨
【花陰のライオン】CUT宝井さき
【黒猫はキスが好き】CUT汞りょう
【囚われの脅迫者】CUT DUO BRAND.
【深く静かに潜れ】CUT長門サイチ

■いおかいつき
【恋愛映画の作り方】CUT高久尚子
【交番へ行こう】CUT桜城やや
【死者の声はささやく】CUT亜樹良のりかず
【美男には向かない職業】CUT DUO BRAND.
【好きなんて言えない！】CUT 有馬かつみ

■五百香ノエル
【キリング・ビータ】
【偶像の資格】キリング・ビータ2
【暗黒の誕生】キリング・ビータ3
【静寂の暴走】キリング・ビータ4
CUT麻々原絵里依
【GENE《ゲーン》】天使は裂かれる
【望郷天使】GENE2
【紅蓮の稲妻】GENE3
【宿命の血戦】GENE4
【この世の果て】GENE5
【愛の戦闘《たたかい》】GENE6
【螺旋運命】GENE7
【心の扉】GENE8
【天使はうまれる】GENE9　CUT金ひかる
【白皙】CUT須賀邦彦

■斑鳩サハラ
【僕の銀狐】
【押したおされて】僕の銀狐2
【最強ラヴァーズ】僕の銀狐3
CUT越智千文
【狼と子羊】僕の銀狐4
【月夜の恋奇譚】CUT吹山りこ

■池戸裕子
【夏の感触】CUT嶋田尚未
【秒殺LOVE】CUT桃季さえ
【今夜こそ逃げてやる！】CUTこうじま奈月
【アニマル・スイッチ】CUT夏乃あゆみ
【TROUBLE TRAP！】CUT峰倉かずや
【課外授業のそのあとで】CUT史堂 櫂
【勝手にスクープ！】CUTにゃおんたつね
【社長秘書の昼と夜】CUT果桃なばこ
【あなたのいない夜】CUT椎名咲月
【部屋の鍵は貸さない】CUT鳴海ゆき
【共犯者の甘い罪】CUT宝井さき
【エゴイストの報酬】CUT新井サチ
【恋人は三度嘘をつく】CUT新藤まゆり
【特別室は貸切中】CUTともさか高子
【容疑者は誘惑する】CUT梅沢はな
【狩人は夢を訪れる】CUT汞りょう
【夜叉と獅子】CUT羽根田実

■岩本 薫
【13年目のライバル】CUT Lee

■烏城あきら
【発明家に手を出すな】CUT長門サイチ
【スパイは秘書に落とされる】CUT羽根田実
【檻 -おり-】CUT今 市子

■榎田尤利
【ゆっくり走ろう】CUTやまかみ梨由
【歯科医の憂鬱】CUT高久尚子
【ギャルソンの躾け方】CUT宮本佳野
【アパルトマンの王子】CUT緋色れーいち
【理髪師の、些か変わったお気に入り】CUT二宮悦巳

■鹿住 槇
【優しい革命】CUT橘 皆無
【甘える覚悟】CUT穂波ゆきね

キャラ文庫既刊

【愛情シェイク】 CUT高群 保
【微熱ウォーズ 愛情シェイク2】 CUT大和名瀬
【別嬪レイディ】 CUT藤崎一也
【可愛くない可愛いキミ】 CUT椎名咲月
【囚われた欲望】 CUT不破慎理
【甘い断罪】
【ただいま同居中!】
【ただいま恋愛中! ただいま同居中!2】 CUT夏乃あゆみ
【お願いクッキー】 CUT北畠あけ乃
【独占禁止!?】 CUT宮城とおこ
【となりのベッドで眠らせて】 CUT椎名咲月
【君に抱かれて花になる】 CUT真生るいす
【ヤバイ気持ち】 CUT穂波ゆきね
【恋になるまで身体を重ねて】 CUT宮本佳野
【遺産相続人の受難】 CUT鳴海ゆき
【天才の烙印】 CUT宝井さき
【兄と、その親友と】 CUT夏乃あゆみ

■金丸マキ
【恋はある朝ショーウィンドウに】 CUT椎名咲月

■川原つばさ
【泣かせてみたい①〜⑥】
【ブラザー・チャージ 泣かせてみたいシリーズ】
【キャンディ・フェイク 泣かせてみたいシリーズ2】 CUT禾田みちる
【天使のアルファベット】 CUT極楽院櫻子
【プラトニック・ダンス】全6巻 CUT沖麻実也

■神奈木智
【地球儀の庭】 CUTやまかみ梨由
【王様は、今日も不機嫌】 CUT雁川せゆ
【その指だけが知っている】

【左手は彼の夢をみる その指だけが知っている2】
【くすり指は沈黙する その指だけが知っている3】
【そして指輪は告白する その指だけが知っている4】 CUT小田切ほたる
【ダイヤモンドの条件】
【シリウスの奇跡 ダイヤモンドの条件2】
【ノワールにひざまずけ ダイヤモンドの条件3】 CUT須賀邦彦
【無口な情熱】 CUT椎名咲月
【征服者の特権】 CUT明森びびか
【御所泉家の優雅なたしなみ】 CUT円屋榎英
【甘い夜に呼ばれて】 CUT不破慎理
【密室遊戯】 CUT羽根田実
【若きチェリストの憂鬱】 CUT二宮悦巳

■剛しいら
【追跡はワイルドに】 CUT緋色れーいち
【雛供養】 CUT須賀邦彦
【顔のない男】
【見知らぬ男 顔のない男2】
【時のない男 顔のない男3】 CUT北畠あけ乃
【青と白の情熱】 CUTかすみ涼和
【仇なれども】 CUT今 市子
【色重ね】 CUT高口里純
【赤色サイレン】
【赤色コール 赤色サイレン2】 CUT神崎貴至
【蜜と罪】 CUTタカツキノボル
【恋愛高度は急上昇】 CUT亜樹良のりかず
【君は優しく僕を裏切る】 CUT新藤まゆり
【シンクロハート】 CUT小山田あみ
【マシン・トラブル】 CUT笹生コーイチ

■ごとうしのぶ
【水に眠る月 —夢見の章—】
【水に眠る月② —霧雨の章—】
【水に眠る月③ —黄昏の章—】 CUTLee
【熱情】 CUT高久尚子

■榊 花月
【午後の音楽室】 CUT依田沙江美
【白衣とダイヤモンド】 CUT明森びびか
【ロマンスは熱いうちに】 CUT夏乃あゆみ
【永遠のパズル】 CUT山田ユギ
【もっとも高級なゲーム】 CUT汞りょう
【ジャーナリストは眠れない】 CUTヤマダサクラコ
【光の世界】 CUT片岡ケイコ
【市長は恋に乱される】 CUT北畠あけ乃
【恋人になる百の方法】 CUT高久尚子
【冷ややかな熱情】 CUTサクラサクヤ
【狼の柔らかな心臓】 CUT亜樹良のりかず
【つばめハイツ102号室】 CUT富士山ひょうた

■佐倉あずき
【1/2の足枷】 CUT麻生 海

■桜木知沙子
【ささやかなジェラシー】 CUTビリー高橋
【ご自慢のレシピ】 CUT椎名咲月
【となりの王子様】 CUT夢花 李
【金の鎖が支配する】 CUT清瀬のどか
【解放の扉】 CUT北畠あけ乃
【プライベート・レッスン】 CUT高星麻子
【ひそやかに恋は】 CUT山田ユギ
【ふたりベッド】 CUT梅沢はな

■佐々木禎子
【ロッカールームでキスをして】 CUT高久尚子
【最低の恋人】 CUT蓮川 愛
【したたかに純愛】 CUT不破慎理
【ニュースにならないキス】 CUT水名瀬雅良
【秘書の条件】 CUT史堂 櫂
【遊びじゃないんだ!】 CUT鳴海ゆき

キャラ文庫既刊

キャラ文庫既刊

[ブリュワリーの麗人] CUT水名瀬雅良
[高慢な野獣は花を愛す] CUT汞りょう
[華麗なるフライト] CUT麻々原絵里依
[砂楼の花嫁] CUT円陣闇丸
[恋は饒舌なワインの囁き] CUT羽根田実

■火崎 勇

[恋愛発展途上] CUT蓮川 愛
[三度目のキス] CUT高久尚子
[ムーン・ガーデン] CUT須賀邦彦
[グッドラックはいらない!] CUT果桃なばこ
[お手をどうぞ] CUT松本テマリ
[カラッポの卵] CUT明森びびか
[寡黙に愛して] CUT北畠あけ乃
[運命の猫] CUT片岡ケイコ
[名前のない約束] CUT香雨
[書きかけの私小説] CUT真生るいす
[最後の純愛] CUT宝井さき
[ブリリアント] CUT麻々原絵里依
[メビウスの恋人] CUT紺野けい子
[愚か者の恋] CUT有馬かつみ
[楽天主義者とボディガード] CUT新藤まゆり

■菱沢九月

[小説家は懺悔する] CUT高久尚子
[小説家は束縛する 小説家は懺悔する2] CUT山田ユギ
[夏休みには遅すぎる] CUT新藤まゆり
[本番開始5秒前] CUT水名瀬雅良
[セックスフレンド] CUT汞りょう
[ケモノの季節] CUT穂波ゆきね
[年下の彼氏]

■ふゆの仁子

[太陽が満ちるとき] CUT高久尚子
[年下の男] CUT北畠あけの
[Gのエクスタシー] CUTやまねあやの

[恋愛戦略の定義] CUT雪舟 薫
[フラワー・ステップ] CUT夏乃あゆみ
[ソムリエのくちづけ] CUT北畠あけ乃
[プライドの欲望] CUT須賀邦彦
[偽りのコントラスト] CUT水名瀬雅良
[薔薇は咲くだろう] CUT亜樹良のりかず
[ベリアルの誘惑] CUT高階 佑

■穂宮みのり

[君だけのファインダー] CUT円屋榎英
[純銀細工の海] CUT片岡ケイコ

■松岡なつき

[声にならないカデンツァ] CUTビリー高橋
[ブラックタイで革命を] CUT緋色れーいち
[ドレスシャツの野蛮人 ブラックタイで革命を2]
[センターコート] 全3巻 CUT須賀邦彦
[旅行鞄をしまえる日] CUT史堂 櫂
[GO WEST!] CUTほたか乱
[NOと言えなくて] CUT果桃なばこ
[WILD WIND] CUT雪舟 薫
[FLESH & BLOOD①~⑪] CUT雪舟 薫

■真船るのあ

[オープン・セサミ] CUT蓮川 愛
[楽園にとどくまで オープン・セサミ2]
[やすらぎのマーメイド オープン・セサミ3]
[思わせぶりな暴君] CUT果桃なばこ
[恋と節約のススメ] CUT橘 皆無

■水原とほる

[青の疑惑] CUT彩
[午前一時の純真] CUT小山田あみ

■水無月さらら

[お気に召すまで] CUT北畠あけの
[永遠の7days] CUT真生るいす
[視線のジレンマ] CUT Lee
[恋愛小説家になれない] CUT史堂 櫂
[なんだかスリルとサスペンス] CUT円屋榎英
[正しい紳士の落とし方] CUT長門サイチ
[オトコにつまずくお年頃] CUT汞りょう
[シャンプー台へどうぞ] CUTせら
[社長椅子におかけなさい] CUT羽根田実
[オレたち以外は入室不可!] CUT梅沢はな

■水壬楓子

[桜姫] CUT長門サイチ
[ルナティック・ゲーム 桜姫2]
[ミスティック・メイズ 桜姫3]
[シンプリー・レッド] CUT汞りょう

■夜光 花

[シャンパーニュの吐息] CUT汞りょう
[君を殺した夜] CUT小山田あみ
[七日間の囚人] CUTあそう瑞穂
[天涯の佳人] CUT DUO BRAND.

■吉原理恵子

[二重螺旋] CUT円陣闇丸
[愛情鎖縛 二重螺旋2]
[攣哀感情 二重螺旋3]

〈2008年6月27日現在〉

キャラ文庫最新刊

幸村殿、艶にて候③

秋月こお

イラスト◆九號

互いの想いを確認し合った上杉景勝《うえすぎかげかつ》と別れ、ついに九州上陸を果たした真田幸村《さなだゆきむら》。いよいよ霍乱作戦を実行に移そうとするが…!?

好きなんて言えない！

いおかいつき

イラスト◆有馬かつみ

大手菓子メーカー主任の蓮沼《はすぬま》は、精悍な容貌のゲイ。ところが可愛い取引先のデザイナー・日比野《ひびの》に抱かれたいと願っていて!?

理髪師の、些か変わったお気に入り

榎田尤利

イラスト◆二宮悦巳

一流サロン帰りの美容師・晴輝《はるき》。しかし幼なじみの圭治《けいじ》はカリスマ理髪師になっていた!!　ライバル心を燃やす晴輝だけど…!?

夜を統べるジョーカー

高岡ミズミ

イラスト◆実相寺紫子

謎のドラッグの出所を探っていたジャーナリストの佑一《ゆういち》。取材中に組織に捕まり、顔役の義永《よしなが》に無理やり犯されてしまい——!?

7月新刊のお知らせ

剛しいら　［居酒屋を出た後で（仮）］cut／麻生 海

愁堂れな　［年上の威厳、年下の特権（仮）］cut／小山田あみ

水無月さらら［九回目のレッスン］cut／高久尚子

お楽しみに♡

7月26日(土)発売予定